AF307321

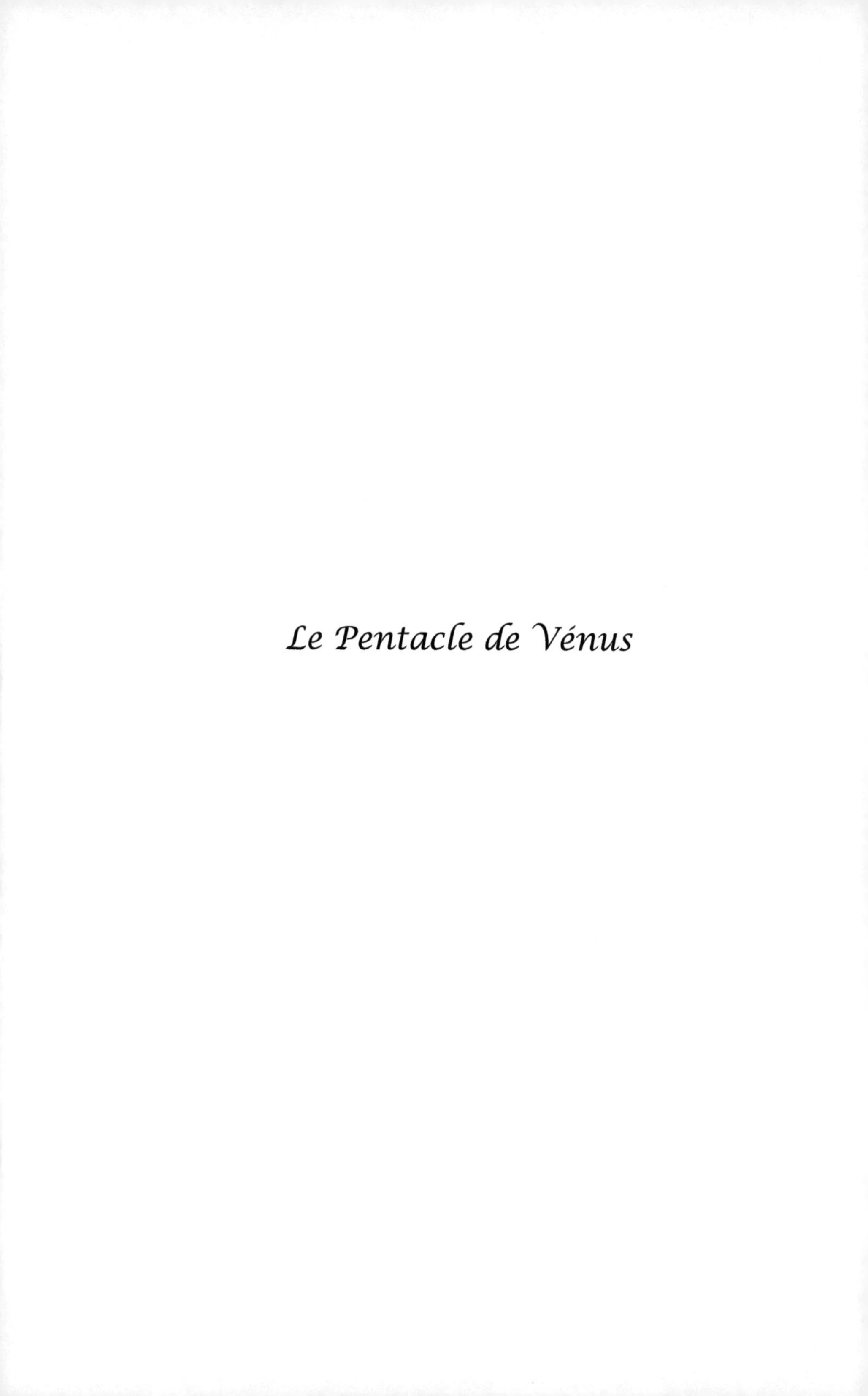

Le Pentacle de Vénus

Bianca Bastiani

Le Pentacle de Vénus

Tome 2

JDH Éditions

F. Files

À Kévin, Cécile, Hugo et Timéo

Présentation des principaux personnages du tome 1 et généalogie

La Lignée de la Rose

La vénérable fée **Ashana** du Peuple des Anciens est l'ancêtre d'**Aurore** qui fut brûlée vive, accusée de sorcellerie par l'Inquisition au Moyen Âge.

Lisa est la fille d'Aurore et la mère de **Rosa** (personnage central de la partie moyenâgeuse). Cette dernière est la grande prêtresse de la lignée, détentrice du médaillon « Le Pentacle de Vénus ».

Le bohémien **Rána** est le père de Rosa et l'époux de Lisa. **Esméralda** et **Ishtar** sont respectivement sa mère et sa sœur. Le chevalier Templier **Charles De Latour** est le parrain de Lisa. Il épousera Ishtar et ils auront deux fils, **Arnaut** et **Salvin**. Plus tard, Rosa épousera son cousin Arnaut. Quant à Salvin, il s'unira à une bergère, **Lugana**.

Au XXIᵉ siècle, **Ambre** est l'héritière de la Lignée de la Rose. Elle est la descendante de Rosa et Arnaut. Sa grandmère **Madeleine**, la guérisseuse du village de Parentis-en-Born dans les Landes, lui a légué l'antique bijou « Le Pentacle de Vénus » qui se transmet de génération en génération. Son meilleur ami **Guilhem Latour** est le descendant de Salvin et Lugana. Il est donc de ce fait son cousin. La magicienne et voyante réputée **Vénusia** est la cousine d'Ambre et de **Sophie**, la mère de l'héritière. **Lili-Rose** est la fille de Guilhem, mais qui est réellement sa mère : Ambre qui l'élève ou Audrey ? Elle est la filleule de Vénusia qui l'a mise au monde et a procédé à son baptême selon les rites du Peuple des Anciens.

Les personnages maléfiques

Hildegarde est une terrible sorcière moyenâgeuse dont l'ombre s'étendra jusqu'au XXIe siècle. Elle et le **Comte Vladimir De Draculéous**, accompagné de son valet **Nicolaï**, deux effroyables vampires, sont les ennemis jurés de la Lignée de la Rose.

Les autres personnages importants

Audrey est la meilleure amie d'Ambre et de Guilhem. **Le Père Mathieu** est le prêtre de la paroisse de Parentis et le mentor d'Audrey, sa plus fidèle paroissienne. Il l'aime comme sa propre fille.

Mariska est une Tsigane Gabori des Carpates en Roumanie qui épousera Guilhem, exilé à l'étranger. Elle est la petite-fille de la vieille sorcière **Ostelinda** et la sœur de **Babik**. De l'union de Guilhem et Mariska naîtront trois enfants.

Résumé du tome 1

Livre I

Au Moyen Âge

Alors que sa mère, Aurore, vient de périr sur le bûcher, Lisa accouche dans une grotte sacrée ornée d'un pentacle, sous la protection du templier Charles de Latour et des membres de la Lignée de la Rose, d'une enfant prénommée Rosa, dont le destin est de devenir une grande prêtresse. La vénérable fée Ashana du Peuple des Anciens procède au baptême et offre au nourrisson un médaillon d'or et d'ambre, « Le Pentacle de Vénus ».

À la même époque, en Germanie, Clotaire, un fermier, trouve un bébé abandonné. Il donne cette petite fille en pâture à ses porcs. Allaitée par une truie, Hildegarde survit et devient la domestique du couple de paysans qui lui mène la vie dure. Mangeant et dormant à même la porcherie, l'enfant grandit misérablement. À l'adolescence, elle subit les viols répétés du fermier. Elle empoisonne sa femme et se fait épouser par Clotaire. Il connaît le même sort. Elle hérite donc de la ferme et rencontre ensuite Enguerrand, un sorcier qui lui apprend la magie avant d'en faire son épouse. Mais il refuse de lui laisser étudier un grimoire maudit écrit en lettres de sang et recouvert de peau humaine. Hildegarde le tue et devient alors la sorcière la plus puissante et la plus maléfique de la région, surnommée « la Veuve Noire ». Grâce à sa troublante beauté et ses pouvoirs, elle séduit un riche bourgeois, fait périr sa famille, devient sa femme, puis

11

s'en débarrasse. Désormais à la tête d'une fortune colossale, elle poursuit la pratique de la magie noire dans son laboratoire secret. Dénoncée à l'Inquisition par sa domestique et un prêtre qui n'y survivent pas, elle est soumise à la torture par le célèbre dominicain Henri Institoris. Succombant, à ses charmes, l'inquisiteur l'innocente.

À Toulouse, au château du chevalier De Latour, Rosa grandit auprès de ses cousins Arnaut et Salvin alors que sa famille s'apprête à fuir les persécutions contre l'Ordre du Temple, accusé d'hérésie par le roi Philippe IV.

Hildegarde voyage dans les Carpates afin de rencontrer le comte Vladimir de Draculéous et son majordome Nicolaï, des vampires. Elle épouse le comte pour devenir une goule et tous trois partent vers la France dans le but d'exterminer les membres de la Lignée de la Rose et s'approprier leurs pouvoirs.

Rosa et les siens se sont réfugiés en Gascogne, au Pays des Grands Lacs, chez Jordic le sorcier. Ils vivent au bord d'un étang où nage un étrange serpent d'eau, la colobra. Grâce au sorcier, Rosa développe ses dons pour la magie. Tous sont amis avec une bergère, Bernadina, mère de Cristàu et Lugana.

Arrivés en Gascogne, les vampires sèment la mort sur leur passage. Avec l'aide de la colobra, Rosa se débarrasse d'Hildegarde et met le comte et son majordome hors d'état de nuire. Salvin épouse Lugana pour perpétuer la Lignée de la Rose.

Au XIXᵉ siècle

À la Villa Malichecq de Parentis-en-Born, sur son lit de mort, Madeleine, la guérisseuse du village, transmet un bijou de famille séculaire, « Le Pentacle de Vénus », à sa petite-fille Ambre. Cette jeune Parisienne à l'allure gothique a passé toute son enfance et son adolescence dans les Landes auprès de son aïeule et de ses meilleurs amis, Guilhem Latour et

Audrey. Fragile et timide, Audrey, la protégée du Père Mathieu, est amoureuse du beau Guilhem, un garçon aux nobles origines, descendant d'un templier. Lui n'a d'yeux que pour Ambre. Un an après le décès de Madeleine, Ambre revient s'installer dans la Villa Malichecq, une ancienne demeure des années 1900, en compagnie de Bagheera, la chatte de la défunte. Elle transforme le cabinet de consultation de sa grand-mère en une boutique gothique et ésotérique, « Aux filles de la lune ».

Guilhem a trouvé un grimoire dans le grenier du manoir familial : *Le Pentacle de Vénus*. Il fait part de sa découverte à Ambre. Tous deux seraient cousins éloignés. Lui descendrait de Salvin et elle de Rosa. Ambre ressent de drôles de choses. Le don de Madeleine tente de s'insinuer en elle, mais elle ne veut pas l'accueillir. Elle remet une potion de sa grand-mère à Audrey pour soigner ses allergies cutanées, lui demandant la plus grande discrétion. Son amie ébruite sa guérison miraculeuse, au grand agacement d'Ambre. Un peu plus tard, Audrey, surnommée dans le village « la vierge effarouchée », apparaît métamorphosée et sexy devant les yeux ébahis de ses amis. Bagheera se sauve, comme effrayée par cette transformation. Pour remercier la gothique de sa guérison, elle lui offre un bracelet d'ambre.

Ambre est sujette à de fréquents malaises. Audrey a beaucoup changé. Elle ne va plus à l'église et a fait faux-bond au Père Mathieu pour les activités paroissiales. Ambre la surprend dans sa chambre en dessous sexy, écoutant de la musique gothique. « La vierge effarouchée » revient de Bordeaux où elle a acheté un grimoire sur les poisons. Son amie s'inquiète. Le dimanche suivant, les trois camarades se retrouvent autour d'un repas dans le parc de la Villa Malichecq. Audrey porte une robe moulante et son comportement est inhabituel. Elle boit, minaude et parle d'aller en discothèque. Ambre et Guilhem la trouvent de plus en plus étrange.

Bagheera et de nombreux chats ont disparu. Ambre en est très affectée. « Aux Filles de la lune », Audrey achète une mini-jupe trop courte et un sac à l'effigie de Baphomet, au grand dam de sa meilleure amie. Les trois camarades sortent en discothèque. Audrey se déhanche, exhibant sa culotte sous sa jupe indécente. Elle boit beaucoup. D'autre part, Ambre se sent de plus en plus mal et se demande si le bracelet offert par « la vierge effarouchée » ne serait pas ensorcelé. Dans le doute, elle cesse de le porter. Audrey part faire la fête quelques jours à Londres avec ses copines de fac. Là-bas, elle s'achète un livre des ombres et d'autres articles ésotériques. Elle en profite pour se faire tatouer l'épaule d'un pentacle inversé sur lequel s'enroule une colobra. Dès son retour, elle se dispute avec Ambre. Cette dernière fait la connaissance d'une cousine, Vénusia, une voyante réputée qui la met en garde contre un grand danger. Le lendemain, Sophie, la mère d'Ambre, fait un cauchemar. Elle téléphone à sa fille afin de l'exhorter à la prudence.

Tous les chats, dont Bagheera, sont retrouvés atrocement mutilés au fond d'un puits. Les soupçons de la population comme des gendarmes se portent sur Ambre. On l'insulte et on tague sa vitrine. Le temps passe… L'été arrive. Ambre a invité Baptiste, un copain parisien, à la villa. Tentant d'attiser la jalousie de Guilhem, Audrey sort avec le Parisien. De leur côté, en secret, Ambre et Guilhem filent le parfait amour. Folle de rage, Audrey les surprend tendrement enlacés.

Alors que Baptiste disparaît mystérieusement, Ambre va sur la tombe de Madeleine pour y chercher des réponses. La défunte lui délivre un message. Audrey pratiquerait la magie noire. Elle surprend ensuite Guilhem dans les bras de la blonde. Il est clair que son amoureux a été envoûté par Audrey. Sophie descend de Paris. Avec l'aide de Vénusia, Ambre et sa mère parviennent à délivrer le jeune homme du sortilège. Nul doute pour les trois femmes que c'est Audrey la responsable du massacre des chats et de la disparition de Baptiste. Guilhem implore le pardon d'Ambre, mais elle a besoin de temps.

Le Père Mathieu est retrouvé assassiné, un crucifix planté dans le cœur. Tout le monde soupçonne Ambre. Elle se cloître à la villa. Elle entend la voix de sa grand-mère qui lui explique qu'Audrey, possédée par l'esprit d'Hildegarde, a commis ce meurtre. En effet, le remède pour les allergies cutanées contenait le venin de la colobra qui avait avalé la sorcière au Moyen Âge. Ambre fait une dépression. Guilhem et Audrey ont disparu. Des mois plus tard, par un soir d'orage, Audrey, enceinte de l'enfant de Guilhem, toque à la porte de la villa. Sur le point d'accoucher, elle demande à son amie d'élever sa fille. Vénusia les rejoint pour les aider, mais Audrey meurt en couche. L'enfant est prénommée Lili-Rose, et Vénusia, sa marraine, la baptise selon les rites du Peuple des Anciens. Ambre part quelque temps à Paris, chez Sophie, avec le bébé.

Livre II

Guilhem s'est exilé dans les Carpates, chez les Gabori, une ethnie tzigane. Il partage la vie d'Ostelinda, une vieille sorcière, et de ses arrière-petits-enfants, Babik et Mariska. La jeune Tzigane est amoureuse de lui, mais il n'a pas oublié Ambre. Lors d'une excursion, il découvre une ancienne dague magique. Le lendemain, il téléphone à sa mère qui lui apprend qu'il est le père de Lili-Rose, la fille d'Ambre (seuls Vénusia et les parents d'Ambre savent qu'elle est la fille d'Audrey) âgée de 18 mois. Il part au plus vite pour la gare, mais, victime d'un grave accident de voiture, il se retrouve plongé dans le coma.

Quatorze ans plus tard, à Parentis, Ambre élève Lili-Rose, adolescente rebelle et difficile, en exerçant le métier d'assistante de vie. La jeune fille est pourrie gâtée par ses grands-parents, les Latour. Personne n'a de nouvelles de Guilhem et Ambre en souffre beaucoup. Elle n'a pas refait sa vie. Vénusia, très proche de Lili-Rose, l'initie à la magie.

À la même époque, en Roumanie, Guilhem est marié à Mariska. Ensemble, ils ont trois enfants. Après dix-huit mois de coma, il s'est réveillé totalement amnésique. L'ensemble du clan lui ment sur son passé. Il ne va pas bien, se posant de plus en plus de questions. Il va consulter un médecin au dispensaire de Deva. Ce dernier diagnostique une dépression et lui conseille de se rendre à l'ambassade de France. C'est là qu'il apprend que ses parents et une certaine Ambre, la mère de sa fille, ont déposé un avis de recherche. Il est bouleversé. En fouillant dans son vieux sac à dos, il retrouve la dague magique. Il a alors des flashbacks de son passé. Craignant qu'il ne se blesse, Mariska lui confisque l'arme. Fou de rage, il manque de tuer sa femme sous le regard de ses enfants. Babik réussit à le calmer.

Ambre fait un burn-out. Internée en hôpital psychiatrique, elle est diagnostiquée schizophrène. Suite à un surdosage médicamenteux, elle sombre dans le coma. De son côté, Lili-Rose a fugué.

Ambre a voyagé dans les couloirs du temps. Elle se retrouve au Moyen Âge auprès de ses ancêtres, Rosa et Arnaut. Elle va devoir lutter contre Hildegarde pour changer son futur.

Lili-Rose a pris la route pour Deva, en Roumanie, afin de retrouver son père. Dans le train, elle sympathise avec un groupe d'étudiants roumain. Le bel Adrian lui propose son aide.

Au Moyen Âge, Ambre apprend la magie et les sortilèges auprès de Rosa.

Après bien des péripéties, Lili-Rose a retrouvé son père et l'a ramené en France, au chevet de sa mère, toujours dans le coma.

Au Moyen Âge, les trois vampires font des ravages dans les Landes. Rosa, Arnaut et Ambre emploient la ruse et la magie pour mettre le comte De Draculéous hors d'état de nuire. Ensuite, Ambre parvient à faire périr Nicolaï et, au terme d'un combat acharné, tue Hildegarde.

Ambre se réveille à la Villa Malichecq au côté de Guilhem jeune et de sa fille bébé. Son futur a changé. Audrey et Baptiste sont vivants, mariés et parents d'un petit garçon. Le Père Mathieu va bien ainsi que Bagheera. Au Moyen Âge, Rosa et Arnaut ont une fille qu'ils appellent Ambre en souvenir de leur descendante du XXIe siècle.

Treize ans plus tard, des correspondants roumains sont accueillis à Parentis, dont un certain Adrian qui sera hébergé chez Lili-Rose. Aux alentours de minuit, alors que le jeune homme tente de dormir dans la villa, Ambre pousse un grand cri qui déchire la nuit et se réveille de son cauchemar en sueur...

Livre III

Chapitre I

Avec ses pins, ses plages de sable fin et ses eaux aux reflets changeants, le lac de Parentis est un lieu idyllique. En automne, les touristes le désertent et les Landais peuvent alors en jouir en toute quiétude. Lili-Rose, l'arrière-petite-fille de la guérisseuse du village, a emprunté le bateau à moteur de son grand-père pour faire découvrir à son correspondant roumain, le jeune Adrian, la beauté de cet espace naturel. Par cette belle et chaude journée ensoleillée, ils accostent sur un îlot entouré de roseaux, refuge pour les canards sauvages. Une vieille tonne ajoute une note pittoresque à l'endroit. La jeune femme n'a pas remis les pieds ici depuis des années. Rien n'a changé. Des souvenirs l'assaillent. Elle se revoit, petite fille, accompagnant son « papy » lors de la traditionnelle chasse à la tonne. C'était alors « la grande aventure ». Monsieur Latour, aujourd'hui retraité, était à cette époque directeur d'une grosse entreprise de maisons écologiques à structure bois ainsi que de plusieurs scieries. Désormais, c'est Guilhem, le père de Lili-Rose, qui a pris la suite des affaires. Appartenant à la plus ancienne famille de la région issue de l'aristocratie bordelaise, monsieur Latour trouvait néanmoins le temps de se libérer pour se livrer à son loisir favori : la chasse. Il n'était pas rare qu'il entraîne dans son sillage son unique petite-fille. Elle se souvint de la toute première fois où elle avait vu son grand-père tuer un volatile, de la peine qu'elle avait alors ressentie devant l'oiseau mort. Elle avait trouvé son « papy » si cruel. Heureusement, ces sorties ne se résumaient pas à la chasse. Son grand-père avait l'âme d'un conteur. Durant les longues nuits à l'affût du gibier, il lui racontait comment leur ancêtre, le chevalier templier Charles De Latour, s'était illustré lors des grandes croisades au Moyen Âge. Il évoquait l'époque bénie de l'arbre d'or au début du XIXe siècle, le pin et la résine, durant laquelle sa famille s'était enrichie. « Papy » connaissait mille anecdotes et il satisfaisait toujours la curiosité de l'enfant qu'elle était. Pourtant, il se fermait comme une huître dès qu'il était question de l'arrière-grand-mère maternelle de Lili-Rose, la guérisseuse. Ambre, sa mère, que la vieille femme avait élevée, n'était guère plus loquace à ce sujet. Des rumeurs étaient parvenues aux oreilles de la jeune fille concernant des faits de sorcellerie. Elle aurait aimé en savoir plus…

Adrian la tira de ses pensées :

— Lili-Rose ? Te voilà bien songeuse, tout à coup !

— Je suis désolée. Je pensais à mon grand-père. C'est lui qui m'a fait découvrir cet endroit. Tu vois cette tonne, là-bas ? J'y ai passé des nuits en sa compagnie à l'affût des canards, mais surtout à écouter des contes et légendes du terroir. Il faudra que je te le présente. Tu verras, c'est un sacré personnage, un passionné de la chasse à la tonne.

— La chasse à la tonne ?

— Oui, le chasseur ou tonnayre reste à l'affût toute la nuit en hiver. Les moments les plus propices sont le coucher et le lever du soleil. Mon papy élève ses propres appelants ou appeaux. Ce sont des canards destinés à attirer les oiseaux sauvages. On peut aussi utiliser des leurres en plastique. Il faut se montrer patient, vois-tu ? Je vais chercher la clef de la tonne dans le bateau pour te faire visiter l'intérieur.

Elle revient quelques instants plus tard, heureuse de faire découvrir à cet étranger une coutume de son terroir.

— Suis-moi, Adrian ! Tu seras surpris. Ce n'est pas une vulgaire cabane recouverte de branchages.

Pénétrant dans la tonne, elle lui montre fièrement l'aménagement intérieur constitué de plusieurs couchettes superposées, d'une cuisinière, d'un chauffage au pétrole, d'une table, de deux bancs et de quelques étagères supportant des boîtes de conserve. Sans oublier les fenêtres d'observation et de tir.

— Ah oui ! Quand même ! Je suis impressionné. Et donc, petite fille, tu passais toute la nuit ici avec ton grand-père en plein hiver ? Ce n'était pas trop long ? Tu n'avais pas froid ?

Elle prend place sur un des lits avant de répondre :

— Je dormais ici même, et comme tu peux le constater, l'endroit est équipé de sacs de couchage et d'un chauffage. Papy me faisait de la soupe ou du chocolat chaud. Ensuite, il me racontait des histoires passionnantes avant de me border. Je crois qu'il aurait aimé avoir un petit-fils pour partager sa passion, alors il m'a élevée comme un garçon manqué, au grand dam de ma grand-mère. Elle aurait préféré me voir porter des robes de princesse et jouer à la poupée.

— En effet, je t'imagine plus petite sauvageonne qu'enfant sage vêtue de rose, réplique-t-il en s'asseyant à côté d'elle.

— Tu as raison, mais qu'est-ce qui te fait dire cela ?

— Eh bien, depuis notre toute première rencontre, j'ai une étrange sensation qui ne m'a pas quitté. Il me semble que je te connais depuis toujours, Lili-Rose. Et ne va surtout pas t'imaginer que je dis ça pour te draguer !

Il paraît sincère. Elle se sent troublée, là, dans cette tonne, isolée du monde auprès de ce beau jeune homme étranger. Ses joues rosissent légèrement et, pour se sortir de l'embarras, elle propose :

— Et si nous pique-niquions ? N'as-tu pas faim ?

— À vrai dire, je meurs de faim !

Ils s'installent côte à côte sur leurs serviettes et sortent d'un grand sachet en plastique des sandwichs, un paquet de chips ainsi qu'une bouteille de coca. Lili-Rose tente d'en savoir plus sur le jeune homme. Avec ses yeux verts, sa peau mate et ses cheveux aux boucles brunes, elle le trouve séduisant.

— Dis-moi, Adrian, as-tu une petite-amie qui espère ton retour, chez toi, en Roumanie ?

À ces mots, il manque de s'étrangler tant sa question lui semble directe et sans détour. Loin de son pays, face à cette charmante jeune fille qui n'a pas froid aux yeux, il perd ses moyens et bafouille :

— Euh… non… Enfin, pas en ce moment…

Il rougit et, tentant de se donner une contenance, boit à même la bouteille de Coca.

Elle reprend le cours de la conversation en piochant négligemment dans le paquet de chips :

— Mais tu as certainement déjà été amoureux ? À ton âge, c'est naturel, non ?

Comment lui avouer que celle qui fait battre son cœur se trouve face à lui ? Lui, le tombeur de filles, se sent intimidé par cette jolie Française et ses questions indiscrètes. Pour changer de sujet, il répond :

— Bien sûr que j'ai été amoureux. Et si nous allions nous baigner ? Il fait tellement chaud.

— Mais, on n'a même pas terminé nos sandwichs, proteste-t-elle.

— On les finira tout à l'heure ! Allez viens !

Les jeunes gens s'ébattent dans le lac. Ils jouent à s'éclabousser. Ils sont joyeux et insouciants. À dix-sept ans, Lili-Rose a le corps d'une femme avec des formes harmonieuses, de longs cheveux aile de corbeau et des yeux verts tirant sur le gris. Adrian n'est pas insensible à son charme. Se baigner avec cette femme ravissante dans ce lieu où ils sont comme seuls au monde le trouble au plus haut point. Elle admire sa silhouette musclée et sa rapidité à fendre les eaux dans un crawl digne d'une performance olympique. Ils finissent par se lasser de ces jeux aquatiques et regagnent leurs serviettes afin de se sécher au soleil. Allongés côte à côte, ils échangent à propos de leurs goûts musicaux et cinématographiques. La jeune fille raconte à son nouvel ami comment, quelques années plus tôt, elle a fait le mur de chez elle pour rejoindre des camarades et se rendre à un festival de rock à Biscarrosse. Il la juge vraiment délurée d'avoir accompli cet « exploit » dans le dos de ses parents. Lui n'aurait pas osé. Il est plus posé et réfléchi, mais cette attitude rebelle force son respect. Il voudrait l'impressionner, mais ne trouve rien de sensationnel à lui relater. Soudain, il se souvient de la séance de spiritisme organisée par Mirela au cours de laquelle il était entré en contact avec une entité maléfique. Prenant la parole, il saisit ainsi l'occasion de se mettre en valeur :

— Crois-tu aux esprits ? lance-t-il en prenant un ton mystérieux.

— Oh que oui !

— Alors je vais te raconter une aventure incroyable. Ma meilleure amie Mirela avait organisé une séance de spiritisme. Nous étions une petite bande de copains réunie autour d'un guéridon. Contrairement à Mirela qui prenait cela très au sérieux, je nous trouvais plutôt ridicules à invoquer ainsi les esprits. Je me retenais à grand-peine de pouffer de rire, surtout que rien ne se passait. Inutile de te préciser à quel point j'étais septique. Soudain, le guéridon bougea avec un grand bruit. Je crus d'abord qu'il s'agissait d'un subterfuge de mon amie pour nous effrayer. Un courant d'air froid traversa la pièce et je perçus une atroce odeur de pourriture. Ensuite, je ne me souviens plus de rien.

Il se tait pour ménager son effet.

— C'est tout ? interroge Lili-Rose, déçue.

Il lui tend alors son smartphone avec un petit sourire énigmatique. Curieuse, elle s'en empare et visionne la vidéo de la fin de la séance de spiritisme.

— Non ! Je n'y crois pas ! Y a pas de trucages ? s'exclame-t-elle, incrédule.

— Je te le jure. Ce sont mes amis qui m'ont filmé. J'étais en transe. Les yeux révulsés, je grognais comme un animal, possédé par une entité. C'est Mirela qui a fait sortir ce démon de mon corps en prononçant des formules magiques. J'ai omis de te préciser que sa grand-mère est une sorte de sorcière. Ensuite, je suis resté inconscient environ un quart d'heure, et quand je suis enfin revenu à moi, je ne me souvenais plus de rien. Mirela pense que je suis un « portail » pour les esprits. D'après elle, je suis particulièrement réceptif.

— Mon Dieu ! Si ton amie n'avait pas réussi à t'exorciser… Je n'ose imaginer ce qu'il serait advenu de toi, énonce Lili-Rose d'un ton compatissant en lui prenant la main.

À ce contact, Adrian s'électrise. Il plonge son regard dans ses yeux qui ont changé de couleur. Du vert, ils sont passés au gris. Trop absorbé par la jeune fille, il ne remarque pas les gros nuages venus de l'ouest qui obscurcissent le ciel.

— À mon tour de te faire des confidences ! As-tu remarqué le médaillon que ma mère porte autour du cou avec de l'ambre en son centre ?

— Tout à fait, et il me semble que c'est un pentacle.

Elle n'a toujours pas lâché sa main.

— Exactement, un symbole magique très puissant. Il appartenait à mon arrière-grand-mère, la guérisseuse. Je crois qu'elle pratiquait la sorcellerie. Des rumeurs circulent dans le village… Mes parents sont très discrets à ce sujet. Et comment expliquer que ma marraine, la cousine de ma mère, est une grande prêtresse du culte Wicca ?

— J'ignore ce qu'est le culte Wicca.

— C'est une religion ésotérique proche de la magie blanche. Vénusia a des dons de médium et on vient la consulter de la France entière. Elle est célèbre et gagne très bien sa vie. En fouinant à droite à gauche, j'ai appris que l'espace jeune proche de la villa était par le passé le cabinet où la guérisseuse recevait ses patients. À sa mort, ma mère l'a transformé en un lieu atypique où l'on pouvait se procurer, outre des articles de magie, des tenues et accessoires gothiques. Lorsqu'elle avait la vingtaine, c'était une gothique. J'ai du mal à imaginer ma propre mère vêtue de la sorte. Je me demande si elle n'aurait pas elle aussi un rapport avec la sorcellerie. Elle est parfois très étrange…

Dubitatif, Adrian ne sait que répondre. Soudain, il sent une grosse goutte d'eau.

— On dirait qu'il pleut.

— En effet, je sens des gouttes. Regarde comme le ciel s'assombrit et ces gros nuages menaçants. Ce n'est pas bon signe. Il va y avoir de l'orage. Allons nous abriter dans la tonne !

Adrian hésite. Se retrouver seul avec Lili-Rose dans cette tonne est tentant, mais il se fait tard. Il se dit que ses parents vont s'inquiéter. Il craint de leur déplaire.

— Je ne sais pas si c'est une bonne idée. Tes parents vont se faire du souci. Il vaudrait mieux rentrer tant que le temps n'est pas trop mauvais. À moins de les prévenir…

— Il n'y a pas de réseau ici. Impossible d'envoyer le moindre SMS. Tu as raison. Ma mère sera folle d'inquiétude si nous ne nous dépêchons pas. Prenons le bateau sans perdre de temps !

Le vent s'est levé. Les éclairs déchirent le ciel. Le tonnerre gronde tandis qu'une violente pluie s'abat sur la frêle embarcation. Trempés jusqu'aux os, les jeunes gens n'en mènent pas large. Ils décident de se réfugier dans la cabine. Soudain, le bateau s'immobilise brusquement.

— Que se passe-t-il ? s'écrie Adrian.

— Oh non ! J'ai oublié de faire le plein d'essence, se lamente Lili-Rose.

— Dis-moi que c'est une blague !

— On aurait mieux fait de rester dans la tonne. On n'en serait pas là !

— Si tu avais pensé à l'essence, on serait déjà au port, lui reproche-t-il, amer.

Dépassés par la situation, ils se chamaillent. La jeune fille éclate en sanglots. Oubliant sa colère, il la prend dans ses bras. Elle grelotte. Il la serre un peu plus fort contre lui. Leurs visages sont tout près l'un de l'autre. Leurs lèvres s'attirent et ils s'abandonnent dans un tendre baiser. Revenant à la réalité, Lili-Rose se souvient qu'il y a dans le bateau des couvertures de survie et des gilets de sauvetage. Ils se mettent à chercher dans tous les recoins et découvrent finalement gilets et couvertures sous une nasse dissimulant un coffre étanche. À l'intérieur, ils trouvent un jerrycan de carburant. Ils sont soulagés.

Ambre est folle d'inquiétude. Dehors, l'orage est de plus en plus violent. Les jeunes ne sont toujours pas rentrés. Les savoir sur le lac par ce temps la met dans tous ses états. Elle fait les cent pas dans le séjour. Elle a essayé de joindre sa fille, mais en vain, tombant directement sur la messagerie. Son unique enfant, la chair de sa chair… Elle revoit Lili-Rose bébé, sa première dent, ses premiers pas et quand elle a dit « Maman » pour la toute première fois. Sa fille est sa raison de vivre. Elle l'a couvée, l'entourant de mille attentions et précautions. Elle l'a protégée de la magie, ne voulant surtout pas qu'elle hérite du don. Elle se souvient de ces nuits où Lili-Rose partait à la tonne avec son grand-père. Ambre ne pouvait dormir durant ces longues nuits d'hiver. La petite fille était tellement heureuse avec son papy qu'il aurait été difficile de la priver de ces sorties. Elle sait à quel point les relations avec les grands-parents sont importantes pour les enfants. Elle-même a été élevée par sa grand-mère dont elle avait reçu l'affection que sa propre mère lui refusait. Tant de choses se bousculent dans sa tête… Soudain, un grand bruit provenant de l'extérieur la tire de ses pensées. Elle regarde alors à travers la baie vitrée. La violence du vent a retourné le salon de jardin. Il est temps d'agir. Elle enfile son ciré et ses bottes. Sortant de la maison, elle se dirige vers sa voiture. Maintenant, elle roule à vive allure en direction du port. Quelques minutes plus tard, elle se gare au bord du lac. Les bateaux amarrés sont secoués par une forte houle. Elle jette un regard morne sur l'emplacement de son beau-père. Il est désespérément vide. Son portable sonne et elle sursaute. Justement, c'est le grand-père de Lili-Rose, qui s'inquiète lui aussi. Elle écourte la conversation, l'assurant qu'elle le rappellera dès qu'elle aura des nouvelles. Ambre se concentre en fixant le lac. Elle a juré de ne plus invoquer la magie. Pourtant, face au danger encouru par sa fille, elle fait appel à ses dons de médium. Une vision s'impose alors à elle ; les enfants sur le bateau battu par les vents et livré au déchaînement des éléments. De nouveau, elle se recueille et prononce à haute voix :

— Mamie, je t'en supplie, protège ma fille ! Esprits du lac, ramenez le calme sur ces eaux, je vous en conjure !

Au même instant, sur le bateau :

— Regarde, Adrian ! Le vent s'est arrêté comme par magie. Ça va être beaucoup plus facile de rentrer au port maintenant.

Le jeune homme semble épuisé. Il acquiesce de la tête. Seule la pluie persiste de la violente tempête qui a failli faire chavirer l'embarcation.

Le vent est tombé et Ambre se demande si son incantation y est pour quelque chose ou s'il s'agit d'une simple coïncidence. Elle est rassurée. Les jeunes sont hors de danger. Elle regarde l'horizon, guettant leur retour. Soudain, un point se profile au loin. Un peu plus tard, ils accostent. Ils sont trempés jusqu'aux os, mais sains et saufs. Elle serre sa fille contre son cœur et remercie silencieusement les esprits du lac.

Une fois à la villa, Ambre suggère aux rescapés de prendre un bain bien chaud. Lorsqu'ils reviennent, emmitouflés dans des peignoirs polaires, elle leur prépare une tisane fumante.

— Buvez ! C'est une recette que je tiens de ma grand-mère. Cela vous évitera une pneumonie.

Lili-Rose trempe ses lèvres dans le breuvage amer et esquisse une grimace.

— C'est absolument immonde !

— Mais très efficace contre les refroidissements, ajoute sa mère.

Adrian n'ose se plaindre et boit en silence.

— Et dire que j'ai été élevée à grand renfort de remèdes de sorcière ! Ceci dit, j'ai une santé de fer et je n'ai pas souvent vu de médecin à mon chevet. Tu t'en souviens, maman ? Lorsque j'étais enfant, si j'avais de la fièvre, au lieu d'appeler le docteur, tu me forçais à avaler une de tes potions et tu posais ensuite doucement tes mains sur mon front brûlant. Immédiatement, je ressentais un soulagement. Je me suis toujours demandé si ma guérison était due au pouvoir de tes mains ou à tes tisanes.

— Je m'en rappelle, ma Lili, mais il n'y avait rien de magique là-dedans, et ce que tu targues de sorcellerie n'est en fait que de la phytothérapie, se défend Ambre.

— Mais comment connaissez-vous tous ces remèdes ? interroge Adrian, dont le regard s'est illuminé d'un vif intérêt.

— J'ai conservé le cahier de recettes de ma bien-aimée grand-mère qui, contrairement aux ragots, n'était pas une sorcière, mais bel et bien une simple guérisseuse de campagne.

— Pourtant, j'ai entendu dire qu'elle avait le don, intervient Lili-Rose, contredisant ainsi sa mère.

— Ce ne sont que des rumeurs, Lili, tu ne devrais ni y prêter foi ni les colporter ! Je ne supporte pas que l'on salisse la mémoire de la femme qui m'a élevée.

Ambre a haussé le ton et ses joues se sont empourprées. Elle est visiblement en colère. Sa fille comprend le message.

— Je m'excuse, maman. Je ne voulais pas te faire de peine. Je suis désolée, vraiment.

— Ce n'est rien. N'en parlons plus ! Aidez-moi plutôt à préparer le souper, tous les deux ! Adrian, ça te tenterait un cours de cuisine française ?

Il est tard quand Guilhem rentre de son entreprise. Il serre sa fille dans ses bras et, s'adressant aux jeunes gens, prononce ces paroles, plus ému qu'il ne l'aurait souhaité :

— Vous nous avez fait une belle peur, tous les deux ! Vous savoir sur le bateau durant cette tempête ! Dieu merci, vous êtes sains et saufs.

— Nous n'étions pas rassurés non plus, papa, mais il faut croire qu'une bonne étoile veillait sur nous.

— N'en parlons plus puisque tout s'est finalement bien terminé ! Passons plutôt à table ! Les émotions, ça creuse. J'en connais deux qui doivent être affamés, propose Ambre en servant la soupe.

— Alors, jeune homme ! Parlez-moi donc de la Roumanie ! C'est un pays qui m'a toujours intrigué, questionne Guilhem avec un clin d'œil à Adrian.

— C'est vrai que c'est un beau pays et je suis fier d'y vivre, même si j'apprécie beaucoup la France. Voyez-vous, entre le Danube, les Carpates et la mer Noire, les paysages sont variés. Nous avons la chance de pouvoir observer des espèces animales en voie de disparition comme les ours, loups et autres lynx. Et puis, tout un folklore s'est développé autour du mythe de Dracula. Savez-vous que de nombreux touristes se pressent pour visiter le célèbre château de Bran à Sighişoara, censé avoir abrité le comte ?

À mesure qu'il parle, Adrian agite ses mains en tous sens pour évoquer la splendeur de sa patrie. Lorsqu'il aborde le mythe vampirique, sa voix prend un ton inquiétant et il conte à l'assistance captivée la véritable histoire de Vlad Tepes, surnommé le comte Dracula.

— Eh bien, la légende de cet empaleur fait froid dans le dos. Je ne serais guère étonné si nous faisions des cauchemars cette nuit, conclut Guilhem en se reservant du rôti.

— En tout cas, je constate que ces histoires sanglantes ne t'ont pas coupé l'appétit, ironise non sans malice Ambre en prenant affectueusement son mari par le cou.

Le repas terminé, tous partent au lit de bonne heure. Dans l'escalier, Lili-Rose adresse un clin d'œil de connivence à Adrian…

Chapitre II

Allongé sur son lit, dans la maison silencieuse, Adrian pense à Lili-Rose. Il se remémore leur baiser sur le bateau. En face de lui, contre le mur, un vieux coffre vermoulu attire son attention. C'est un meuble massif en bois sombre qui s'harmonise bien avec la décoration rustique de la chambre. La pièce mansardée avec poutre au plafond a un certain cachet. Il se lève pour observer la malle de plus près. Les motifs sculptés sur ce meuble évoquent un style qui lui est familier. On dirait de l'artisanat typique de Transylvanie. Curieux, il s'interroge sur le contenu du coffre. Quels trésors peut-il bien renfermer ? Son imagination s'enflamme. Les suppositions les plus extravagantes germent dans son esprit. Et s'il s'agissait des grimoires de l'arrière-grand-mère, la sorcière ? Une grosse serrure et l'absence de clef l'empêchent de vérifier son hypothèse. Finalement, il retourne sur le lit et songe à celle qui fait battre son cœur. Au même instant, la porte s'ouvre doucement sur Lili-Rose, vêtue d'un ample T-shirt à l'effigie d'un chaton.

— Je n'arrivais pas à dormir, dit-elle en guise de préambule avant de s'asseoir à ses côtés.

Tentant de dissimuler sa joie, il répond :

— Moi non plus je n'ai pas sommeil. Tu as bien fait de me rejoindre.

Le jeune homme se sent troublé par cette visite nocturne. Ils sont là, côte à côte sur le lit. Il hésite à lui prendre la main. Il la trouve si séduisante dans ce simple vêtement de nuit. Il est amoureux de cette jeune femme qui le rejoint dans sa chambre à une heure aussi tardive. Comment réagir ? Comment vaincre la timidité qui le paralyse face à Lili-Rose ?

Elle semble plus à l'aise et entame la conversation, revenant sur les événements de la journée ; le pique-nique près de la tonne, la baignade et la tempête sur le bateau. Désormais hors de danger, ils prennent le parti d'en rire. Il se détend et écoute son gloussement charmant comme un chant d'oiseau. Il ne cesse de penser au baiser qu'ils ont échangé dans l'embarcation battue par les vents. Il voudrait la prendre dans ses bras et l'étreindre de nouveau. Pour se donner une contenance, il oriente la conversation sur le coffre qui attise sa curiosité.

— Sais-tu ce que contient ce coffre, là-bas ?

— Je n'en ai pas la moindre idée. Des vieilleries sans doute…

— Il est de style roumain, c'est bizarre, non ?

Lili-Rose se lève et s'approche de la malle, Adrian sur ses talons.

— Tu en es sûr ? répond-elle, troublée, en effleurant le bois ancien.

Elle ne lui laisse pas le temps de répondre et reprend :

— Peut-être renferme-t-il des affaires ayant appartenu à mon arrière-grand-mère ?

— La sorcière ? C'est excitant ! Et s'il contenait des grimoires et autres objets magiques ?

— J'aimerais bien voir l'intérieur, mais comment l'ouvrir ?

— Tu ne saurais pas où se trouve la clef, par hasard ?

— Je l'ignore, à mon grand regret, mais on pourrait peut-être essayer de crocheter la serrure avec un morceau de fil de fer.

— Toi, tu as trop regardé de films policiers. Essayons tout de même ! Aurais-tu une épingle à cheveux à me prêter ?

Ce soir, elle a ramené sa longue chevelure en un chignon dont quelques mèches folles s'échappent, encadrant son visage à l'ovale si pur. Dans un geste gracieux, elle détache une épingle alors que ses cheveux s'étalent sur ses épaules.

Elle secoue la tête pour remettre ses boucles en place. Adrian la regarde, subjugué, alors qu'elle lui tend l'épingle.

Il s'évertue maintenant depuis quelques minutes à crocheter la serrure qui refuse obstinément de céder. Après plusieurs tentatives infructueuses, il s'apprête à déclarer forfait, découragé, quand elle lui suggère :

— Je crois savoir où se trouve cette clef. Il me semble l'avoir vue dans le secrétaire de ma mère. Je ne suis pas certaine que ce soit celle qui corresponde à cette serrure, mais ça ne coûte rien d'essayer. Attends-moi là ! Je reviens vite.

La jeune femme s'éloigne sur la pointe des pieds en direction du bureau de sa mère. À présent, elle ouvre sans bruit le secrétaire. À l'intérieur, factures et dossiers s'entassent. Elle farfouille dans les papiers lorsque sa main heurte un objet en métal, une grosse clef ancienne. Satisfaite de sa trouvaille, elle s'empresse de regagner la chambre d'Adrian. Ils introduisent la clef dans la serrure qui cède enfin. Les jeunes retiennent leur respiration en ouvrant le couvercle.

Au même instant, dans la suite parentale, Ambre se réveille en sursaut et pousse un grand cri qui déchire la nuit. Elle est en sueur…

Lili-Rose entend ce hurlement. Elle demande à Adrian :

— N'as-tu rien entendu ?

— Pardon ?

— Tu n'as pas entendu ce gémissement ? interroge-t-elle, étonnée.

— Non, aucun bruit à part le grincement du couvercle, rétorque-t-il, pressé de découvrir le contenu du coffre.

— Ce n'est pas possible qu'une telle plainte n'ait pas atteint tes oreilles ! On aurait dit le feulement d'un animal blessé à mort. C'était vraiment atroce !

— Peut-être le hululement d'un hibou qui niche au grenier… répond-il, évasif.

— Non, je ne crois pas. Ce cri était vraiment effroyable.

Elle réprime un frisson.

— Mais tu trembles. Ne sois pas si émotive ! Viens dans mes bras que je te réconforte !

Il l'attire contre son cœur et la serre fort, essayant de la calmer. Suivant son instinct, il pose un doux baiser sur ses lèvres entrouvertes. Elle devient toute molle entre ses bras musclés, telle une poupée de chiffon. S'il s'écoutait, il la déposerait sur le lit, mais il est bien trop policé pour agir de la sorte.

— Et si nous nous intéressions au contenu de ce coffre !

Il jette un coup d'œil dans la malle et ajoute, déçu :

— Mince alors, il n'y a que de vieux chiffons là-dedans.

Lili-Rose s'empare d'une robe longue en dentelle noire de style romantique.

— Il s'agit certainement d'une tenue gothique ayant appartenu à ma mère. C'est une pièce magnifique.

Elle se débarrasse de son T-shirt, apparaissant en petite culotte devant son ami gêné, et enfile la robe.

— Peux-tu m'aider avec la fermeture éclair dans le dos, s'il te plaît ?

Il s'exécute, non sans un certain trouble.

— Aïe ! Tu m'as coincé un bout de peau. Fais donc attention ! proteste-t-elle en grimaçant.

À présent, elle s'admire dans le miroir de l'armoire en virevoltant sur elle-même. Adrian trouve qu'elle a une allure folle.

Il s'intéresse de nouveau au contenu de la malle. Sous les robes, il découvre un ancien grimoire.

— Lili-Rose, regarde ça !

Il tient entre ses mains l'antique parchemin de cuir brun orné d'un pentacle doré. Fascinés, les jeunes le feuillettent.

— C'est de l'ancien français. Il est si vieux que l'encre est à moitié effacée par endroits. Difficile de le déchiffrer dans ces conditions, énonce la jeune femme.

La malle regorge d'objets en tous genres : des fioles contenant onguents et mixtures, des pendules, des figurines de fées et d'angelots, quelques paires de chaussures gothiques et autres colifichets… Lili-Rose jette son dévolu sur des bottines noires lacées à hauts talons et un magnifique bracelet d'ambre. Avec ses longs cheveux noir corbeau, ainsi vêtue, on dirait sa mère des années auparavant. Soudain, un éclat métallique attire le regard d'Adrian. Il met la main sur une dague d'argent incrustée de pierres précieuses.

— Un tel objet doit valoir une fortune. Pourquoi le laisser moisir au fond d'un vieux coffre ?

Il brandit le poignard. C'est une arme d'exception, certainement une pièce de collection. Son regard habituellement si doux s'est durci. L'expression de son visage est empreinte d'une détermination farouche qui effraie Lili-Rose. Elle sent poindre une menace. Effrayée, elle implore :

— Adrian ! Je t'en supplie ! Pose cette arme !

Il regarde la lame, subjugué par son éclat, et ne semble pas l'entendre. Il s'approche d'elle en pointant la dague dans sa direction. Elle recule…

Dans l'aile opposée de la villa, Guilhem tente de tranquilliser sa femme :

— Rendors-toi, ma chérie ! Ce n'est qu'un cauchemar. Ce sont ces histoires de Dracula qui t'ont perturbée.

— Non, Guilhem, c'est autre chose, quelque chose de bien plus profond… Une sensation étrange, comme si je m'étais trompée sur toute la ligne, comme si ma vie n'était qu'un vaste songe.

— Que vas-tu donc chercher ? Tu ferais mieux de prendre un somnifère. Demain, il n'y paraîtra plus.

Il attrape une bouteille d'eau minérale et un pilulier sur la table de chevet.

— Je ne veux pas avaler cette drogue, dit-elle en secouant la tête.

— Il le faut pourtant ! Tu sais que c'est pour ton bien, répond-il en lui tendant le cachet.

Ambre s'exécute à contrecœur.

Elle ne dort pas encore. Guilhem le sent. Lui non plus ne retrouve pas son sommeil. Trop de « choses » se bousculent dans son esprit. Il est inquiet pour sa femme. Il n'aime pas la droguer, mais c'est la seule solution. Dans sa tête, il retourne la phrase qu'elle a prononcée : « *Une sensation étrange, comme si je m'étais trompée sur toute la ligne, comme si ma vie n'était qu'un vaste songe.* » Il est bien placé pour connaître les méandres de l'esprit humain. Il l'aime tellement… Elle s'agite sur la couche, balbutiant des paroles incompréhensibles. Il l'attire contre lui et la serre étroitement. Demain sera un autre jour. Il s'efforce de vivre au jour le jour en faisant abstraction du passé.

Chapitre III

Ambre ne s'est pas levée ce matin. Après une nuit agitée, troublée par un cauchemar, elle a sombré dans un sommeil artificiel ; son mari lui avait administré un somnifère. Elle ouvre péniblement les yeux. Elle est seule dans le lit. Guilhem est déjà parti. Quelle heure peut-il bien être ? Elle consulte le réveil. Dans quelques minutes, il sera midi. Pourquoi sa fille ne l'a-t-elle pas réveillée ? Elle est épuisée malgré l'heure avancée. Elle a du mal à s'extraire de son lit. Chaque fois qu'elle a recours à des drogues pour dormir, elle se sent vaseuse. Espérant dissiper son malaise, elle prend une douche, puis enfile un jean avec un T-shirt et descend à la cuisine. Le silence pesant de la maison est troublé par les miaulements de Mystic, sa chatte. Après quelques caresses, elle ouvre la porte afin que la petite bête s'ébatte dans le jardin. Les jeunes ne sont pas là. Ils ont dû sortir en balade. Lili-Rose aurait tout de même pu lui laisser un mot sur le réfrigérateur, comme à son habitude. Sur la table, un pilulier et un post-it : « *N'oublie pas tes médicaments ! Je t'aime.* » Elle sourit en pensant à Guilhem, ouvre la boîte et esquisse une grimace. « *Suis-je vraiment obligée d'avaler autant de cachets ?* » Il est trop tard pour la dose du matin. Elle prend celle du midi avec un grand verre de kéfir, cette boisson qu'elle confectionne elle-même selon la recette de sa grand-mère. Elle se prépare un café et des tartines de pain beurré et confiture et se décide ensuite à faire son ménage. Ranger la maison l'aide à remettre ses idées en place. Chiffon et aspirateur en main, elle s'active. Elle évite les chambres des jeunes, désireuse de préserver leur intimité. Sa fille se plaît dans un joyeux bazar. Ambre insiste cependant pour qu'elle aère sa chambre quotidiennement et porte elle-même son linge sale au panier. À l'évocation de Lili-Rose, elle se demande où elle a bien pu aller aujourd'hui. « *Hier, lors de la sortie en bateau, ils ont frôlé la catastrophe* » se dit-elle non sans une certaine colère. Et Adrian, elle ne sait rien de lui. Est-ce bien prudent de laisser autant de liberté à Lili en compagnie de ce jeune étranger ? Quelle est la nature exacte de leur relation ? Autant de questions qui la taraudent. Elle entreprend de passer la serpillière. Elle est agacée par le comportement de sa fille, le fait qu'elle ne la prévienne pas de ses allées et venues. « *La maison n'est pas un hôtel-restaurant !* » enrage-t-elle, frottant de plus belle. Tout est propre à présent. Elle sort dans le jardin et s'installe sur la balancelle. Mystic ne tarde pas à la rejoindre, quémandant des câlins. La chatte sur ses genoux, Ambre essaie de se détendre. Elle a du mal à dissiper la sensation de malaise qui la poursuit depuis son cauchemar. Son regard s'attarde sur le parc. Sous l'appentis, elle remarque les vélos. « *Ils sont partis à pied. Ils ne sont donc pas bien loin et ne vont certainement pas tarder…* » pense-t-elle, rassurée.

L'heure du souper approche et les jeunes ne sont toujours pas revenus. Ambre est de plus en plus inquiète. Elle monte à l'étage, décidée à se rendre dans les chambres pour en savoir plus. Elle pénètre dans celle de Lili. Son regard s'arrête sur le portable de sa fille, posé sur la table de chevet. Celle-ci ne se sépare jamais de son précieux smartphone. Comme à l'accoutumée, la pièce est en désordre. Des vêtements traînent sur le sol. Le lit est défait. À part le téléphone, elle ne remarque rien de particulier. Elle se dirige maintenant dans celle d'Adrian. Sur le lit du jeune homme, le T-shirt de Lili-Rose, celui qu'elle aime tant, orné d'un chat. Ambre le porte à son visage et respire l'odeur de sa fille. Comme à regret, elle abandonne le vêtement. Son attention se porte alors sur le coffre ouvert. Elle commence à trembler de tous ses membres. Un long cri hystérique sort de sa gorge alors qu'elle aperçoit une dague souillée de sang gisant sur le sol.

Ce soir-là, Guilhem est surpris par le silence qui règne dans la maison. La cuisine est vide. Personne n'est là pour l'accueillir. Inquiet, il monte et trouve sa femme, hagarde et hébétée, assise à même le sol près du coffre. Elle tient une dague ensanglantée dans sa main.

— Ambre ! Tu es blessée ?

Elle le regarde, les yeux vides, et après quelques minutes, prononce ces quelques mots :

— Pardon, pardon, pardon…

— Où sont les enfants ?

Elle continue sa litanie :

— Pardon, pardon, pardon…

Doucement, il desserre sa main de l'arme et constate qu'elle ne s'est pas coupée. Ce n'est pas son sang qui souille le poignard.

— Ambre, qu'as-tu fait ? Où est Lili-Rose ? Lui as-tu fait du mal ? Réponds-moi ! Je t'en supplie.

Elle semble absente. Il la secoue, s'agrippant à ses épaules.

— Tu vas me répondre à la fin ! s'énerve-t-il.

Elle se met alors à sangloter bruyamment. Il la relâche aussitôt.

— Excuse-moi ! Tu ne veux pas essayer de me raconter ce qu'il s'est passé ? demande-t-il avec douceur.

— C'est ma faute… Le coffre… Tout est ma faute… Lili-Rose et Adrian… Ils ont disparu. Le contenu de ce coffre est maudit. C'est ma faute. Mamie, j'ai tant besoin de toi.

— À qui appartient le sang sur cette arme ?

— Je n'en sais rien. Je l'ai trouvée là par terre alors que je cherchais les enfants. Je ne les ai pas vus de la journée. Tout est ma faute.

— Pourquoi t'accuses-tu ?

— Tu ne peux pas comprendre. Je n'ai pas su protéger ma propre fille… Mamie, aide-moi !

— Tu n'es pas dans ton état normal, Ambre. Tu vas prendre tes gouttes et aller dormir. Ne t'inquiète pas ! Je m'occupe de tout.

Sa femme est maintenant couchée. Il lui a administré un puissant somnifère. Dans quelques instants, elle dormira à poings fermés. Guilhem s'efforce de réfléchir rationnellement. Où sont les jeunes ? Sont-ils blessés ? Cette dague ensanglantée l'inquiète au plus haut point. Ambre serait-elle capable du pire, comme s'en prendre à sa propre fille ? Et si c'était le sang d'Adrian ? Que s'est-il exactement passé dans la maison en son absence ? Il essaie d'appeler Lili-Rose et entend la sonnerie de son portable. Le bruit le conduit dans la chambre de l'adolescente. Il décide alors de téléphoner à toutes ses relations. Avec un peu de chance, elle se sera réfugiée chez une amie… Une heure plus tard, il en a terminé avec sa liste de contacts, mais en vain. Personne ne l'a vue. Il ne lui reste plus qu'à prévenir la gendarmerie. Auparavant, il se saisit de la dague pour la laver méticuleusement sous le robinet de la salle d'eau. Il l'essuie avec soin, l'enroule dans une serviette et la range dans le coffre qu'il ferme à clef. Ensuite, il cache la clef dans un des tiroirs de son bureau. Il a tout à fait conscience de faire disparaître des preuves essentielles, mais il se doit de protéger Ambre. Ses empreintes étaient sur cette arme. Alors qu'il compose le numéro du poste de gendarmerie, il se sent épuisé, vidé.

Ses yeux se sont habitués à l'obscurité qui règne dans ce lieu humide. Lili-Rose distingue une poulie rouillée au plafond. Assise à même le sol de terre battue, elle est adossée à un mur de garluche. Elle a mal à la tête. Tout est confus dans son esprit, comme si on l'avait droguée. Comment est-elle arrivée ici ? Elle tente de se lever et chancelle, victime d'un étourdissement. Elle cherche Adrian. Son dernier souvenir : elle se trouvait dans la chambre du jeune étranger et ils inspectaient le contenu du coffre… Ensuite, c'est le trou noir. Du regard, elle balaie la pièce immense, sans fenêtres. Ça ressemble à une usine désaffectée. Et cette odeur qui s'insinue dans ses narines, comme une émanation de rouille. Elle vient de comprendre où elle se trouve. Il s'agit d'une ancienne forge. Les Landes regorgent de ces vieux bâtiments à l'abandon. Elle peut crier, personne ne l'entendra. Les murs sont épais et l'endroit certainement isolé au milieu de la forêt… Elle arrive finalement à se mettre debout et progresse péniblement en s'appuyant aux parois jusqu'à la lourde porte de fer qui est, comme elle s'en doutait, fermée.

Vénusia se réveille, déstabilisée par la vision qu'elle a eue de sa filleule retenue prisonnière dans les vestiges d'une forge. La prêtresse Wicca renommée pour ses dons de voyance a un très mauvais pressentiment. Malgré l'heure tardive, elle compose le numéro de la villa de sa cousine. C'est Guilhem qui décroche.

— Bonsoir Guilhem, c'est Vénusia. Désolée de vous déranger à pareille heure, mais je voulais m'assurer que tout allait bien chez vous.

Il hésite. Il s'est toujours senti mal à l'aise en présence de la voyante, accordant peu de crédit à ses prédictions. Cependant, il se sent troublé qu'elle appelle si tardivement précisément le jour où Lili-Rose et Adrian ont disparu.

— Eh bien, c'est-à-dire que Lili-Rose et son ami roumain sont introuvables depuis ce matin. Après avoir fait le tour de ses relations, je me suis résolu à prévenir les gendarmes.

— C'est bien ce que je craignais. Comment Ambre prend-elle tout cela ? Elle est si fragile en ce moment…

— Pour l'instant, elle dort. Je lui ai administré un somnifère. Elle était très confuse quand je l'ai trouvée en rentrant ce soir.

— Dis-moi, vous avez bien un ancien coffre dans une des chambres de la maison ?

— C'est possible. Ambre aime conserver toutes sortes de vieilleries, élude-t-il.

— C'est important, Guilhem. Essaie d'être plus précis ! J'ai fait un drôle de rêve. Ta fille était retenue prisonnière dans une forge désaffectée. Je sens que c'est en rapport avec ce coffre.

— Tu sais très bien que je ne crois pas à la magie. Regarde ce que ces histoires de sorcellerie ont fait de ma femme ! Je t'interdis de lui parler de tout ça. Inutile de la perturber plus qu'elle ne l'est déjà.

— Mais je te dis que je tiens une piste. J'ai déjà collaboré avec la police pour des enquêtes difficiles. Puisque tu ne me crois pas, j'appellerai moi-même la gendarmerie. Il s'agit de ma filleule, tout de même ! Je ne vais pas rester les bras croisés.

— Fais ce que bon te semble après tout, mais laisse ma femme en dehors de tout cela ! répond-il, non sans une certaine colère.

Le lieutenant de gendarmerie en charge de la brigade de Parentis est un homme à l'esprit cartésien. Il ne prend pas au sérieux les allégations de Vénusia et privilégie pour l'instant la piste d'une fugue. De lourds moyens sont déployés pour retrouver les adolescents. Les jours passent, et malgré les recherches, les fugueurs semblent s'être volatilisés dans la nature sans laisser le moindre indice. Ambre va très mal. Guilhem la maintient dans un état de semi-conscience, l'abrutissant de drogues, afin que l'angoisse de l'attente lui soit plus supportable. Il est lui-même très éprouvé.

Chapitre IV

Vénusia est en colère contre ces gendarmes obtus et incapables. Ils l'ont traitée avec dédain comme un vulgaire charlatan, elle, la grande prêtresse, la voyante la plus réputée de la région. Elle a pourtant déjà résolu de nombreuses affaires en collaboration avec la police de Mont-de-Marsan. Leurs recherches piétinent et ils n'ont toujours pas retrouvé sa filleule et son ami disparus depuis trois jours. Sur une grande table, elle étale une carte du département où sont recensés les vestiges de forges. Son pendule en main, elle le promène au-dessus de la carte pour localiser l'endroit où sa filleule serait retenue captive. Au bout de quelques instants, l'objet s'immobilise sur un site, non loin de Pontenx. Elle se prépare maintenant pour une expédition en pleine forêt. Vêtue d'un pantalon kaki et d'un blouson camouflage, sans oublier les chaussures de randonnée, elle fourre dans un sac à dos trousse de premier secours, couverture de survie, lampe de poche, gourde d'eau et barres de céréales, sans oublier une bombe lacrymogène et un couteau. Ainsi équipée, elle monte dans sa voiture en direction de la forêt de Pontenx-les-Forges.

Dans les bois, une jeune fille erre, hagarde. Sa robe de dentelle noire est en lambeaux. Elle s'est écorchée aux ronces. Ses bras et ses jambes sont zébrés de griffures, laissant de petites traînées sanglantes sur sa peau délicate. Très pâle, elle avance sans but, tel un automate. Son regard reflète une horreur indicible. À bout de forces, elle se laisse tomber sur un tapis de fougères et sanglote silencieusement. De grosses larmes ruissellent le long de ses joues couvertes de crasse, mais aucun son ne s'échappe de sa bouche. Elle voudrait crier, hurler, mais ne le peut pas. Perdue, au milieu de cette forêt inhospitalière, Lili-Rose regarde le soleil décliner. Bientôt, les bois la recouvriront de leurs ténèbres. Elle frissonne…

Vénusia progresse difficilement dans les fourrés. Elle se hâte, la nuit ne va pas tarder à tomber. Elle n'a pas encore trouvé les vestiges de l'ancienne forge. Pourtant, une intuition lui dit qu'elle est sur la bonne voie. Des heures qu'elle arpente la sylve. Soudain, dans la pénombre, elle aperçoit une silhouette recroquevillée au sol. Le souffle court, elle braque le faisceau de sa lampe-torche sur le corps immobile. Pourvu qu'elle n'arrive pas trop tard… Elle court auprès de la jeune fille. Lili-Rose est vivante, mais faible. Sa marraine la recouvre d'une couverture de survie et lui fait boire de l'eau. Elle l'oblige à manger une barre protéinée. L'adolescente n'a pas prononcé un seul mot, manifestement en état de choc. À l'aide de son smartphone, la voyante appelle les secours. Dans l'attente des services d'urgence, elle prodigue à sa filleule paroles apaisantes et gestes rassurants.

Un peu plus tard, à l'hôpital : Lili-Rose est sous perfusion. Ses parents veillent à son chevet. Les gendarmes n'ont pas été autorisés à interroger la patiente, toujours mutique, à propos de la disparition d'Adrian. Les recherches se poursuivent autour de Pontenx. Les jours passent et la jeune fille reste muette. Des psychiatres se penchent sur son cas. Ils émettent l'hypothèse d'un stress post-traumatique. Cependant, leur diagnostic demeure aléatoire. En réalité, ils sont perplexes… Les médecins lui font subir une batterie de tests et d'analyses. Ils décèlent une anomalie inquiétante dans ses bilans sanguins. Ses plaquettes sont exagérément basses. Elle est alors transfusée. Ils pensent à une leucémie, mais après des examens plus poussés, l'idée est écartée, au grand soulagement de ses proches. Lili-Rose passe ses journées le regard plongé dans le vide, couchée sur son lit, sans la moindre réaction. Elle est alimentée à l'aide d'une sonde. Son teint est pâle et elle a perdu du poids. Ses parents se font un sang d'encre. Leur fille reste indifférente à leurs visites, comme si elle ne s'apercevait ni de leur présence, ni de leur peine, ni de leur inquiétude. Ambre en est particulièrement affectée. Devant l'impuissance du corps médical à soigner son enfant, elle se demande si l'on ne lui aurait pas jeté un sort pendant sa disparition. Comme toujours, elle cherche à expliquer par la magie ce qu'elle ne peut comprendre ni accepter… Cependant, elle n'en souffle mot à Guilhem. Ce dernier a tendance à forcer la dose de ses médicaments. Même si cette attitude part d'une bonne intention, persuadé d'agir pour le bien de sa femme, elle ne supporte plus d'être « droguée ».

Les recherches à Pontenx n'ayant rien donné, les gendarmes ont cessé de ratisser la zone. Adrian reste introuvable.

Comme chaque jour, Ambre est au chevet de sa fille. Elle lui parle d'une voix douce, persuadée que son enfant finira par réagir. Elle culpabilise. Elle aurait dû la protéger. Elle se demande si l'état de Lili-Rose ne serait pas lié au contenu du coffre. Cette maudite malle n'aurait jamais dû être ouverte. Quelle idée d'avoir installé Adrian dans cette chambre-là justement ? Comme si la villa n'était pas assez spacieuse ! Et pourquoi avoir conservé le grimoire et tous ces objets magiques ? Elle repense à la dague. Elle n'avait jamais vu cette arme auparavant. Comment s'était-elle retrouvée là ? Elle se souvient de sa frayeur en découvrant le sang sur le poignard. Et que penser de son cauchemar, la nuit précédant la disparition ? Toutes ces questions l'épuisent. Elle a du mal à se concentrer avec l'impression d'avoir des trous de mémoire, des absences… La faute en revient certainement à toutes ces drogues dont Guilhem abuse pour la calmer. Elle le trouve bizarre depuis quelque temps, comme s'il lui cachait des faits importants. Elle se sent perdue et désorientée et s'en veut de soupçonner ainsi l'homme de sa vie. Soudain, elle entend une voix.

— Lili, ma chérie ? se méprend-elle, accourant auprès de sa fille toujours mutique.

Constatant que cette dernière reste sans réaction, Ambre se lamente :

— Oh non, ça ne va pas recommencer, pas ces voix dans ma tête ! Pas encore ! Mamie, que se passe-t-il ?

Au même instant, un médecin pénètre dans la chambre.

— Madame Latour, ça ne va pas ? Vous parlez toute seule. Votre mari m'a prévenu que vous étiez fragile. Vous ne devriez pas vous surmener ainsi. Rentrez chez vous et prenez du repos ! Nous veillons sur votre enfant.

— Non, Docteur, ne vous inquiétez pas ! Je parle à Lili, même si je sais que pour l'instant, elle ne peut me répondre. Je me sens inutile à la maison. Ici, j'ai l'impression que ma présence peut l'aider.

Elle sort dans le couloir et se rend à la cafétéria pour laisser le médecin examiner tranquillement Lili-Rose. En chemin, elle croise Vénusia.

— Bonjour Ambre, je venais justement prendre des nouvelles de ma filleule.

Elle serre sa cousine avec effusion en l'embrassant franchement sur les deux joues.

— Son état est stationnaire, aucune amélioration. Le médecin est avec elle en ce moment même. J'en profite pour aller à la cafèt. Suis-moi ! Je dois te parler.

La voyante a remarqué la pâleur de la mère de famille désespérée. Elle connaît déjà la teneur de leur future conversation.

Les cousines s'installent à l'écart et commandent leurs boissons.

— Tu devrais manger quelque chose. Tu es si pâle et je te trouve amaigrie, Ambre. Si tu veux aider ta fille, tu dois d'abord prendre soin de toi. Je vais nous chercher des viennoiseries.

— C'est gentil, mais je n'ai pas faim. Voir Lili dans cet état me coupe l'appétit. Je me fais tellement de souci pour elle. Je te serai éternellement reconnaissante de l'avoir retrouvée. Mais comment as-tu pu réussir là où les gendarmes ont échoué ?

— Tu n'es pas sans savoir que j'ai certains dons… Malheureusement, je n'ai rien pu faire pour le jeune homme. Dommage que ta grand-mère ne soit plus de ce monde. Elle aurait pu aider Lili-Rose à recouvrer la santé. C'était une guérisseuse hors pair. Cependant, je suis persuadée qu'il faut se montrer patient. C'est juste une affaire de temps. Ne te ronge pas les sangs ! Tout finira par rentrer dans l'ordre.

— C'est une prédiction ou tu dis cela simplement pour me rassurer ?

— Disons que j'ai « vu » certaines choses… Il y avait un coffre contenant un grimoire et d'autres objets. Avant la disparation, Lili a trouvé dans cette malle un bracelet d'ambre dont elle s'est parée. Concernant les vertus d'un tel bijou, ce n'est pas à toi que je vais faire la leçon. C'est certainement ce bracelet qui l'a sauvée, puisque selon la légende, il sert de talisman de protection contre les enlèvements d'enfants. Au contraire, Adrian s'est emparé d'une dague aux pouvoirs maléfiques. Et lui, on ne l'a pas retrouvé…

— Effectivement, ce coffre se trouve dans la chambre où j'avais installé le jeune homme. Je ne sais comment ils ont réussi à subtiliser la clef… La dague dont tu parles gisait au sol, ensanglantée, le jour de la disparition. Si tu savais comme je m'en veux… J'y conservais le cahier de recettes de mamie et des souvenirs de ma boutique. J'ignorais tout de l'existence de cette arme, par contre. C'est ma faute. J'aurais dû me débarrasser de toutes ces vieilleries depuis longtemps déjà.

Vénusia pose sa main sur l'épaule de sa cousine avec sollicitude.

— Cesse donc de te torturer ! Ce qui est fait est fait, et l'on ne peut revenir en arrière…

Soudain, Ambre l'interrompt, fort excitée :

— *Revenir en arrière* ! Mais oui, c'est cela la solution. Vénusia, tu es formidable ! Tu viens de me donner une idée.

Sa cousine la scrute alors avec inquiétude. « *Pourvu qu'elle ne replonge pas dans ses délires* », pense-t-elle.

— Ambre, calme-toi. Je ne comprends rien à ce que tu racontes. Te rends-tu compte de l'incohérence de ton discours ? Promets-moi de ne pas faire de bêtises !

— Tu sais très bien que, comme mamie, j'ai des pouvoirs moi aussi, et je compte bien m'en servir pour aider mon enfant et retrouver son ami.

Vénusia lui lance un regard désolé.

— Ambre, tu n'es pas en état de pratiquer la magie, pas en ce moment… Tu es beaucoup trop fragile et éprouvée. Je t'en conjure, ne joue pas les apprenties sorcières ! Ça risquerait fort de se retourner contre toi.

— Assez parlé comme ça ! Je retourne au chevet de Lili, répond-elle, dépitée.

Guilhem a du mal à trouver le sommeil aux côtés de sa femme. Il s'en veut de devoir l'abrutir de somnifères et autres médicaments. Il se fait beaucoup de souci pour sa fille malade et se demande ce qu'il a pu advenir d'Adrian. Il est obligé de mentir à Ambre. C'est la seule solution. Il ne peut pas faire autrement. Il se lève, se rend dans son bureau, prend du papier à lettres et commence à écrire une longue missive. Sa correspondance achevée, il y joint une photo récente, un cliché où il apparaît souriant. Il glisse le tout dans une enveloppe sur laquelle il colle un timbre. Il sort de la villa et marche jusqu'à la Poste. Il compte sur cette balade nocturne pour apaiser son esprit. Chemin faisant, des souvenirs lui reviennent en mémoire et de grosses larmes roulent sur ses joues. Il se sent perdu, étranger à sa propre vie…

Le lendemain matin, Ambre vient à peine de se lever que son portable sonne. C'est encore Sophie, sa mère. Elle hésite à répondre… Que lui dire de plus ? Les nouvelles ne sont pas bonnes. L'état de Lili-Rose ne s'améliore pas. Elle laisse sa messagerie prendre le relais. Cependant, la sonnerie retentie de nouveau avec insistance. Cette fois-ci, elle décroche, mal à l'aise et oppressée.

— Bonjour, maman !

— Bonjour, ma chérie ! Comment va-t-elle ? Comment va ma petite-fille ? Et toi, tu tiens le coup ?

— Que te dire de plus que tu ne saches déjà, maman… Son état est stationnaire. Aucune amélioration. Et moi, eh bien, je me ronge les sangs.

— Je vais venir à Parentis, Ambre. Je veux voir Lili-Rose. Je veux te soutenir.

— Non, maman ! Ce n'est pas la peine. On en a déjà parlé. Tu ne pourras rien faire de plus. Lili-Rose est mutique. Elle ne réagit pas. Elle ne s'apercevra même pas de ta présence. Reste à Paris ! C'est mieux pour tout le monde, je t'assure.

— Mais enfin, ma chérie, je suis ta mère. Je veux être à tes côtés dans cette épreuve.

— N'insiste pas, s'il te plaît, maman ! Je suis fatiguée. Cette conversation m'épuise. Je préfère que tu ne viennes pas, un point c'est tout !

Guilhem fait de grands gestes à sa femme, puis lui prend le téléphone des mains.

— Ambre, je m'en occupe. Va plutôt te faire un thé, ma chérie !

Il part s'enfermer dans son bureau, le portable collé à l'oreille.

— Sophie, c'est Guilhem. Écoutez-moi ! Ambre n'a pas envie de vous voir pour l'instant. Vous savez bien à quel point elle est fragile avec tout ce qui lui est arrivé.

— Mais, tout de même, je suis sa mère !

— Ne m'obligez pas à vous rappeler que c'est Madeleine, sa grand-mère, qui l'a en partie élevée. L'instinct maternel n'était pas votre fort alors qu'elle était enfant.

— Oh Guilhem, vous me faites beaucoup de peine !

— C'est pourtant la vérité, Sophie, et vous le savez. Ambre s'est toujours débrouillée sans votre aide. Ce n'est pas aujourd'hui que ça va changer.

— Et Lili-Rose dans tout ça ? C'est ma petite-fille, tout de même !

— Mais Ambre vous l'a expliqué. Elle ne réagit à rien du tout. Votre venue ne changera rien pour elle. Le débat est clos. Restez à Paris ! Vous n'êtes pas la bienvenue ici.

— Je sais que vous ne m'aimez pas. Vous êtes dur, Guilhem. Vous me donnerez des nouvelles tout de même ?

— On vous préviendra si son état s'améliore. Mais par pitié, cessez d'importuner Ambre à tout bout de champ avec vos appels incessants !

— D'accord, je me le tiens pour dit. Au revoir !

Guilhem revient dans la cuisine, pose le portable sur la table et prend affectueusement sa femme dans ses bras.

— Voilà, le problème est réglé. Ta mère reste à Paris.

— Tu n'as pas été trop dur avec elle, j'espère ?

— J'ai été ferme et franc. Tu me connais…

— Je sais surtout que tu ne la portes pas dans ton cœur.

— Autant j'aimais Madeleine, autant Sophie m'horripile. Son côté bobo parisienne, j'avoue que j'ai du mal…

— Pauvre mamie ! Comme elle me manque. Il faut que j'aille fleurir sa tombe. Ça me fera du bien de me retrouver en tête-à-tête avec elle. Tu sais que j'entends sa voix parfois ?

À ces mots, la mine de Guilhem s'assombrit.

— Tu as bien pris tes médicaments, ce matin ?

— Tu es assommant, Guilhem ! Ça tourne à l'obsession. En ce qui concerne ma mère, ce n'est pas une mauvaise femme, tu sais. C'est vrai qu'elle peut se montrer agaçante, mais elle reste ma mère en dépit de ses défauts.

Ambre est au cimetière, sur la tombe de sa grand-mère. Elle arrange un bouquet de roses du jardin dans un grand vase de marbre. Elle s'assoit à même la pierre tombale et se lance dans un long monologue où elle relate les derniers événements, la disparition des adolescents, le coffre, la dague, le sang, le bracelet d'ambre, puis la découverte de Lili complètement hagarde en forêt par Vénusia. Les yeux humides, elle poursuit, parlant du mutisme de sa fille, de sa mystérieuse maladie et de l'impuissance des médecins. Elle se tait enfin, l'esprit aux aguets, dans l'espoir d'une réponse. Aucune voix ne résonne dans sa tête. Désespérée, elle s'écrie :

— Oh mamie ! Pourquoi m'abandonnes-tu au moment où j'ai le plus besoin de ton aide ?

Ces derniers mots meurent dans un sanglot. Elle n'a pas entendu arriver une femme se tenant devant la tombe, un dipladénia dans les mains. Ambre sursaute, surprise.

— Excusez-moi, Madame. Je ne voulais pas vous faire peur. Je venais simplement déposer cette plante sur la tombe de la guérisseuse. Vous êtes une parente, si j'en juge par votre émotion ? Cela fait bien longtemps qu'elle est partie, mais le chagrin demeure. C'était une belle personne, une belle âme.

— Je suis sa petite-fille. Merci pour ces gentilles paroles. Elle aimait beaucoup les plantes. La vôtre est très jolie.

Elle observe l'inconnue. D'âge mûr, c'est une belle femme à la silhouette élancée, vêtue d'un jupon et d'une blouse de style « baba cool ». Son visage marqué par quelques rides est joliment encadré par de longs cheveux roux flamboyant. « *On la croirait sortie d'un de ces romans de fantasy que je vendais dans mon ancienne boutique* », se dit Ambre, intriguée.

— Vous êtes Ambre. Madeleine me parlait souvent de vous.

— Vous deviez être proches. Peu de gens l'appelaient ainsi par son prénom. Pour la plupart, elle était la guérisseuse, et pour certains, même, la sorcière.

La rousse se met alors à rire de bon cœur.

— Je suis moi-même un peu sorcière. J'habite à Amou. Vous connaissez certainement la légende[1] ? Mais je ne vais pas vous déranger plus longtemps. Si je puis faire quoi que ce soit pour vous, voici ma carte. N'hésitez pas ! Ça me ferait plaisir d'évoquer Madeleine en votre compagnie.

Une fois seule, Ambre regarde la carte de visite. Dubitative, elle se demande si sa grand-mère ne lui aurait pas envoyé un signe par l'intermédiaire de ce médium, Circé, dont elle était manifestement proche.

---

[1] Légende des possédées d'Amou : cf. Annexe.

Chapitre V

Ambre s'agite et crie dans son sommeil. Le village d'Amou se détache dans la brume. La femme rousse du cimetière aboie comme un chien. Elle se roule par terre, en transe. La mère de Lili-Rose assiste à ce spectacle, impuissante. Elle voudrait aider Circé, la délivrer de son mal, mais demeure immobile à l'observer. Soudain, la possédée semble reprendre ses esprits et lui dit :

— Ambre, viens à moi ! Mes pouvoirs sont grands. Je peux éclairer ta lanterne afin que ton chemin redevienne paisible et harmonieux.

Soudain, sa chevelure flamboyante se transforme en brasier et Ambre se retrouve brûlant vive sur ce bûcher. Elle se réveille en hurlant. Guilhem n'est pas à ses côtés. En allant à la cuisine se préparer une camomille, elle l'aperçoit en train de fumer une cigarette dans son bureau, la tête entre les mains. Lui aussi s'inquiète pour leur fille. Elle résiste à l'envie d'aller le réconforter. Remplissant la bouilloire, elle repense à l'histoire des possédées d'Amou, ces femmes qui furent accusées de sorcellerie au XVIIe siècle. Certaines périrent dans les flammes, d'autres furent emprisonnées à la Conciergerie de la Cour du Parlement de Bordeaux. Le village d'Amou avait vu sa population atteinte d'un mal mystérieux. Les femmes aboyaient tels des chiens et d'autres étaient victimes de crises d'épilepsie. L'enquête imputa ces cas de possession à de prétendues sorcières. Il fallait absolument qu'elle en sache plus sur cette Circé. Ses dons de médium pourraient s'avérer utiles pour retrouver Adrian. Le Roumain serait certainement en mesure de raconter ce qu'il s'était passé le jour de la disparition. On connaîtrait enfin l'origine des maux de Lili-Rose. Et puis cette femme était une amie de sa grand-mère. C'était un gage de fiabilité. « *Mamie n'aurait jamais fréquenté de charlatan* », se dit-elle.

Ambre arrive à l'adresse mentionnée sur la carte de visite. Une maison landaise aux murs de garluche et poutres apparentes se dresse au milieu d'un jardin arboré et fleuri. Elle sonne à la porte et Circé l'accueille, souriante.

— Bonjour, Ambre, entrez et asseyez-vous ! Que puis-je vous offrir ? Thé, café ou boisson fraîche ?

Confortablement installées sur un divan, les deux femmes prennent le thé.

— Si ce n'est pas indiscret, j'aimerais savoir comment vous avez connu ma grand-mère.

— Eh bien, c'est Madeleine qui est venue vers moi. À l'époque, elle faisait des recherches sur les possédées d'Amou. Cette histoire la passionnait. Et, voyez-vous, il se trouve que je suis l'une des descendantes d'une « sorcière » qui avait été accusée au XVIIe siècle. Nous avons sympathisé rapidement jusqu'à devenir de très bonnes amies. Nos dons étant complémentaires, j'avais pris pour habitude de lui envoyer des personnes souffrant de zona ou de psoriasis, et elle m'adressait des clients, elle aussi. Mais je sais que vous n'avez pas fait toute cette route uniquement pour prendre le thé. Je propose donc que nous passions dans mon cabinet de consultation.

La médium la conduit dans une pièce adjacente de dimensions modestes à la décoration épurée. Sur une étagère, une boule de cristal, un tarot divinatoire et quelques bougies confèrent au lieu un aspect occulte. Circé allume une bougie. Les deux femmes prennent place chacune d'un côté d'une petite table de bois sur laquelle est gravé un pentacle. Ambre admire ce meuble délicatement sculpté avec attention pendant que la maîtresse de séance se saisit du tarot.

— Avant de commencer, je tiens à vous préciser que les cartes ne sont pour moi qu'un support destiné à affiner mes visions. Je fonctionne par flashs et le tarot complète en m'indiquant certains détails.

— Oui, je comprends…

— Tout d'abord, je vois une jeune fille malade. C'est quelqu'un qui compte beaucoup pour vous. Je vois énormément de jalousie autour de cette jeune personne. Quelqu'un d'étranger, certainement d'un pays d'Europe de l'Est comme la Pologne… ou non, plutôt la Roumanie, lui a jeté un sort très puissant. Ça vous parle ?

— Tout à fait, il s'agit de ma fille Lili-Rose. Elle et son correspondant roumain, Adrian, ont disparu, et seule Lili a été retrouvée, complètement hagarde et muette. Elle est effectivement hospitalisée, refuse toujours de parler… Les médecins ne savent pas vraiment de quel mal elle souffre. Que pouvez-vous me dire d'autre ? Va-t-elle guérir ?

Circé manipule ses cartes, en proie à une intense concentration.

— C'est confus… Je ne peux vous garantir sa guérison ; par contre, je peux tenter un désenvoûtement. On vous cache des choses, des informations capitales.

— Qui ? Les médecins ?

— C'est embrouillé, je ne vois pas précisément, mais c'est en rapport avec votre fille. Une personne dont le prénom commencerait par G, ça vous évoque quelque chose ?

— Tout à fait, Guilhem, mon mari, le père de Lili-Rose.

La médium scrute ses cartes, ennuyée…

— Il y a un problème avec lui ?

— Non, non, rassurez-vous ! Tout va bien de ce côté-là. Je crains de ne rien avoir à ajouter. Mes visions ont leurs limites, vous savez.

— Merci infiniment. Et pour le désenvoûtement, comment allez-vous procéder ?

— Je pourrais bien entendu l'effectuer à distance à l'aide d'une photo récente et de sa date de naissance, mais le mieux serait que je puisse me rendre à son chevet… J'ai conscience que comme elle est hospitalisée, cela puisse poser problème.

— Je préfère mettre toutes les chances du côté de Lili en vous faisant venir à l'hôpital. Il faudra agir discrètement. Je pourrai prétendre que vous êtes une vieille tante, par exemple. Convenons d'un rendez-vous, le plus rapidement possible !

Circé se sent mal à l'aise. Elle n'a pas tout révélé à la petite-fille de Madeleine et cela lui pèse. Cependant, elle n'est pas sans savoir que dans sa profession, toute vérité n'est pas bonne à dire. Il faut parfois mentir par omission, et ce dans l'intérêt des personnes venant consulter. Madeleine aurait approuvé sa conduite. Elle a agi pour le bien d'Ambre avant tout. Elle est soucieuse pour la petite-fille de son amie disparue. De toute façon, elle n'avait pas le choix… Elle a fait de son mieux et espère que les événements à venir lui donneront raison.

Sur le chemin du retour, Ambre est préoccupée. Elle a la désagréable sensation que la médium lui a dissimulé des informations. Elle a ressenti le trouble de cette femme… Qu'a-t-elle vu qu'elle n'a pas osé lui transmettre ? Est-ce si terrible ? Elle a hâte que le désenvoûtement soit effectué. Et dire qu'elle s'inquiétait pour Adrian ? Le sort se retournera contre lui. Ce n'est que justice. La magie noire dirigée pour nuire à autrui finit toujours par revenir à celui qui l'a utilisée, et ce par trois fois. C'est une des lois fondamentales. « *Qu'il aille au Diable, ce maudit Roumain qui a eu l'outrecuidance de s'en prendre à mon bébé !* » se dit-elle avec emportement.

À l'hôpital de Mont-de-Marsan, dans la chambre de Lili-Rose, Ambre et Circé s'apprêtent à effectuer un étrange cérémonial. Elles sont venues au moment le plus calme, quand médecins et infirmières en ont terminé avec les différents soins. La médium frotte une bougie noire sur l'ensemble du corps de la jeune malade. Cette couleur n'a pas été choisie au hasard. Le noir, en magie, est destiné à retirer toutes les mauvaises énergies et à les emprisonner à l'intérieur. Cette teinte ne symbolise pas le mal, contrairement à ce que l'on pourrait croire, mais une neutralité, une absence de couleur… La femme rousse enduit maintenant l'objet d'une huile spéciale destinée à casser le mauvais sort. Elle coupe la mèche et retourne la bougie. À présent, Circé creuse le fond pour faire ressortir la mèche de l'autre côté. Elle l'allume et la dépose dans un bougeoir accolé à un miroir tout en récitant une prière à l'archange Saint-Michel. Tandis que les volutes de fumée emportent avec elles le maléfice, la rousse s'adresse à la brune :

— Maintenant, Ambre, il va falloir vous armer de patience. Les effets ne vont pas se faire sentir du jour au lendemain et je ne peux vous garantir une efficacité à cent pour cent. Quand la bougie sera entièrement consumée, vous mettrez bougeoir, restes de cire et miroir dans un sac bien fermé et vous irez enterrer le tout au pied d'un grand chêne dans une forêt, le plus loin possible de votre maison. N'enterrez surtout pas le sac dans votre jardin, car vous amèneriez le mal chez vous. Suivez mes instructions à la lettre ! C'est très important.

— Je ne sais comment vous remercier, Circé…

— Vous me remercierez lorsque votre fille sera sur pied. Et puis, il est tout naturel que je vienne en aide à la petite-fille de Madeleine.

— Et la personne qui a jeté le sort, je suis certaine qu'il s'agit de ce jeune Roumain, Adrian, que va-t-il advenir de lui ?

— Eh bien, je n'aimerais pas être à sa place, car au fur et à mesure que votre fille recouvrera ses forces, lui verra les siennes décliner, jusqu'à la mort peut-être.

— Ce sera bien fait pour lui !

Chapitre VI

Ambre est au chevet de sa fille. Elle désespère de la voir sortir de son apathie, et ce malgré le cérémonial de Circé. En effet, les jours passent, sombres et monotones, et aucun changement dans l'état de santé de la jeune fille. La mère de Lili-Rose a le teint terne et le visage amaigri de ceux qui sont rongés de chagrin. Elle passe le plus clair de son temps à l'hôpital. Guilhem se fait beaucoup de souci pour les deux femmes de sa vie. Ambre est tellement fragile. Elle ne s'alimente presque plus et il est obligé de la « droguer » afin qu'elle dorme un peu. Lui ne peut rester en permanence auprès d'elles, car son entreprise l'accapare, et puis il deviendrait fou enfermé toute la journée dans cette chambre d'hôpital. Ambre ne comprend pas comment son mari peut continuer à travailler, à aller et venir alors que leur unique enfant se trouve dans un tel état. Elle lui en veut. Lors d'une visite, elle le prend violemment à partie dans la cafétéria de l'établissement hospitalier :

— Ma chérie, je t'ai porté des magazines pour te distraire. Tu dois trouver le temps long ici…

— Comment oses-tu me parler de distractions alors que notre fille est entre la vie et la mort ? Je ne te comprends pas, Guilhem ! Tu vas travailler comme si de rien n'était. On dirait que tu t'en fiches ! hurle-t-elle.

Aux tables voisines, des gens se sont retournés, interloqués.

— Ambre, calme-toi ! On nous regarde ! répond-il, gêné.

— Ça m'est bien égal que les gens nous entendent. Comme ça, ils sauront quel mauvais père tu es ! Tu devrais avoir honte !

Elle crie de plus en plus fort.

— Tu n'es pas dans ton état normal. Je suis sûr que tu ne prends plus tes médicaments, mon amour. Tu m'avais pourtant promis ! C'est très important…

Elle l'interrompt :

— Je vais très bien et je n'ai pas besoin de ces foutus cachets ! C'est notre enfant qui est malade, pas moi, tu comprends ?

Elle se jette alors sur lui et martèle sa poitrine de coups de poing en sanglotant. Cachant mal sa gêne et son inquiétude, il tente en vain de la maîtriser. Comment sa femme aussi frêle est-elle capable d'une telle violence ? Attirée par le bruit, une infirmière accourt.

— Que se passe-t-il ici ?

— C'est ma femme. Elle fait une crise de nerfs.

Réussissant à se dégager, il prend la jeune femme en aparté et lui murmure quelques mots à l'oreille.

— Ne vous inquiétez pas ! Je vais lui faire une piqûre et prévenir le docteur Larivière.

Guilhem est assis dans la chambre de sa fille. Cette dernière, pâle et amaigrie, fixe le plafond, le regard vide. Où est donc passée la belle jeune fille déterminée et intrépide ? Il repense à la scène de la cafétéria durant laquelle sa femme semblait complètement hystérique. Lui est à bout… Même très amoureux, il se demande combien de temps il va pouvoir tenir à ce rythme. A-t-il fait le bon choix ? Des regrets l'assaillent. Ses yeux brillent. Une larme roule sur sa joue. Tout est allé si vite… Soudain, une infirmière pénètre dans la chambre, interrompant ses pensées. Il sort dans le couloir le temps que les soins quotidiens soient prodigués à Lili-Rose. Mal à l'aise, il fait les cent pas dans le corridor. Finalement, il décide de rentrer chez lui. Il n'est d'aucune utilité à sa fille mutique et apathique, et Ambre ne le supporte plus. À Parentis, il peut s'abrutir de travail pour oublier la triste réalité.

Ambre n'a pas rêvé. Le regard de sa fille est moins fixe. Elle en est persuadée, Lili-Rose réagit. Son enfant va mieux. Le corps médical ne semble pas la prendre au sérieux, mais peu lui importe. L'espoir renaît… Elle lui parle sans relâche et la jeune fille la regarde. La lumière s'est enfin rallumée au fond de ses prunelles jusque-là vides. Une mère sent ce genre de choses. Lorsqu'elle lui prend doucement la main, parfois la jeune fille la serre. Les docteurs disent que c'est un mouvement réflexe. Ambre ne les croit pas. Le désenvoûtement de Circé commence à porter ses fruits. Elle regarde sa fille et pense à son amie de toujours, Audrey. Cette dernière est partie avec son mari Baptiste et leur fils Timéo faire le tour du monde. Elle lui manque cruellement. Audrey, sa confidente attentive et bienveillante. Elle aurait tant besoin de son soutien en ce moment. Guilhem est de plus en plus distant. Elle ne peut lui ouvrir son cœur. Il ne vient que rarement à l'hôpital. On dirait qu'il les fuit, elle et leur fille. « *Il n'assume pas ses responsabilités de père* », pense-t-elle en soupirant. Interrompant là ses réflexions, le docteur Larivière fait son entrée.

— Madame Latour ! Décidément, vous passez vos journées dans cette chambre ! Les infirmières m'ont dit qu'elles avaient installé un lit de camp, car vous ne vouliez pas quitter votre fille des yeux.

— Docteur, elle va mieux, j'en suis certaine. Son regard est mobile, et quand je lui prends la main, elle réagit.

— Je n'ai rien constaté de tel et mes confrères non plus. Vous devez vous montrer raisonnable. Rentrez chez vous ! Reposez-vous ! J'ai demandé à ce qu'on enlève le lit de camp…

— Ce n'est pas grave, je passerai mes nuits dans le fauteuil, s'il le faut. Je ne peux abandonner mon enfant. Elle a besoin de moi.

— Votre mari aussi a besoin de vous !

— Oh lui !

— Écoutez-moi bien, Madame Latour. Vous devez rentrer chez vous. C'est un ordre. Quand votre fille sera sur pied, elle aura besoin d'une maman en pleine forme. Vous dormez mal, vous mangez à peine… Vous devez reprendre des forces, pour elle, pour Lili-Rose. J'espère que vous prenez bien vos médicaments. Je ne vous veux plus dans cet hôpital, vous m'avez bien compris.

— Mais Docteur…

— Il n'y a pas de mais ! Je sais ce qui est le mieux pour vous et votre fille. Votre mari est dans le hall. Il va monter vous chercher et vous allez bien gentiment rentrer chez vous. Dites au revoir à votre enfant ! Elle est très bien soignée ici et vous ne pouvez rien faire de plus pour elle.

Guilhem et Ambre sont attablés. Lui n'ose pas troubler le silence de ce repas. Il craint les reproches et la mauvaise humeur de sa femme. Il a versé discrètement ses gouttes dans son verre de jus d'orange. Il l'observe à la dérobée alors qu'elle chipote devant son assiette. Trempant ses lèvres dans le breuvage, elle esquisse une grimace :

— Tu as changé de marque de jus d'orange ? Il est amer. Je n'aime pas.

— Je l'ai acheté en promotion. Bois ! Tu as besoin de vitamine C.

— De toute façon, tout a un goût amer depuis que Lili est malade, soupire-t-elle.

— On ne pourrait pas changer de sujet de conversation pour une fois ?

— Tu ne me soutiens pas, Guilhem, tu sais… Je me sens si démunie… Audrey me manque. Elle m'aurait écoutée, elle ! Elle aurait su trouver les mots pour me réconforter. Ne trouves-tu pas bizarre qu'elle ne nous ait envoyé aucune carte postale depuis son départ ?

— Oh tu sais bien, le courrier à l'étranger, il met des mois à arriver, quand il ne se perd pas… Et puis, ils ont sans doute mieux à faire tous les trois que d'écrire des cartes à leurs amis, élude-t-il.

— Mais nous ne sommes pas n'importe qui pour Audrey ! Nous sommes ses meilleurs amis. Nous nous connaissons depuis que nous sommes tous petits. Elle est comme une sœur pour moi. Il y a quelque chose de pas clair là-dedans…

Les jours passent et Ambre broie du noir dans la villa. Guilhem fait de son mieux pour se montrer aimant et patient, mais ce n'est pas évident… Un jour, il revient de la boîte aux lettres avec un grand sourire :

— Ambre, regarde ! Une carte postale de Roumanie ! C'est Audrey !

Elle s'empare de la carte alors que son visage s'illumine en regardant un paysage de montagne. Au dos, quelques mots et la signature de son amie.

— Audrey ! Je savais qu'elle ne nous avait pas oubliés. Ça me remonte le moral, tu sais…

Au même instant, le téléphone sonne avec insistance. Et si c'était l'hôpital ? Ambre se dépêche de décrocher.

— Madame Latour ?

— Oui, c'est bien moi.

— Secrétariat du centre hospitalier de Mont-de-Marsan. On m'a chargée de vous prévenir que votre fille va mieux. Elle vous réclame vous et votre mari. Passez par l'accueil en arrivant !

— Nous partons de suite ! Nous serons là d'ici une heure.

Dans la voiture qui les conduit vers le chef-lieu des Landes, Ambre ne peut contenir sa joie. Elle presse son mari de rouler plus vite dans un flot de paroles ininterrompues.

— Chérie, calme-toi ! Tu parles tellement que je n'arrive pas à me concentrer sur ma conduite. Quant à rouler au-dessus de la limitation de vitesse, je n'en ai pas l'intention. Ce serait tout de même idiot d'avoir un accident juste le jour où notre fille va mieux.

— Oui, tu as raison ! Je suis stupide. Je suis si heureuse. Une bonne nouvelle n'arrive jamais seule. D'abord Audrey, et ensuite Lili-Rose ! C'est merveilleux…

— As-tu pris tes calmants, ma chérie ? Je te trouve bien excitée.

— Tu es incroyable, Guilhem. Notre fille guérit et toi tu me parles de calmants ! Tu as de la chance que je sois de bonne humeur.

À l'hôpital, ils se présentent à l'accueil :

— Votre fille a été transférée dans un autre service. Le médecin veut vous parler avant que vous puissiez la voir. Patientez dans le hall ! Je le préviens de votre arrivée.

Ambre fait les cent pas en attendant le docteur tandis que Guilhem, plus calme, s'assoit et feuillette distraitement une revue. L'homme de science arrive enfin. Impatiente, Ambre se précipite à sa rencontre.

— Monsieur et Madame Latour, votre fille est enfin sortie de son mutisme, quoiqu'elle semble encore très confuse. Elle souffre d'une amnésie post-traumatique et n'a gardé aucun souvenir de ce qu'il s'est passé durant sa disparition. Elle parle d'un coffre et d'un certain Adrian, mais comme je vous l'ai dit, tout cela reste encore confus. Nous avons pu retirer la sonde et elle a commencé à s'alimenter. Par contre, nous l'avons soumise à une série d'analyses et les résultats ne sont pas bons. Ses plaquettes sont encore trop basses. Vous pouvez la voir, mais pas plus d'un quart d'heure. Il ne faut pas la fatiguer ; elle est encore très faible. Je vous accompagne.

— Mais Docteur, c'est grave cette histoire de plaquettes ? interroge Ambre, anxieuse.

— Disons que c'est inquiétant…

Guilhem et Ambre pénètrent dans la chambre. Lili leur offre un pâle sourire en tentant de se redresser sur son lit.

— Papa ! Maman !

— Ma chérie !

Tous trois s'étreignent.

— Comment te sens-tu ?

— Fatiguée… Où est Adrian ? Nous étions tous les deux dans sa chambre. On a ouvert le coffre. Il y avait cette dague, des robes… Et puis, plus rien… je ne me souviens plus de rien.

— Il a disparu. On ne sait pas ce qu'il est devenu. Quant à toi, c'est Vénusia qui t'a retrouvée inconsciente dans la forêt de Pontenx.

— Pontenx ! Mais qu'est-ce que je faisais là-bas ?

— Nous l'ignorons, ma chérie.

Le médecin les interrompt :

— Mademoiselle, ménagez vos forces ! Vos parents reviendront vous voir demain. Ils doivent vous laisser vous reposer maintenant, n'est-ce pas ?

Prononçant ces mots, il lance un regard appuyé à Ambre et Guilhem, qui sortent à regret de la chambre après avoir embrassé leur fille.

Chapítre VII

L'homme peste contre le sort. Il tenait la proie idéale et il l'a laissé filer bêtement… Cette jeune fille toute de dentelles noires vêtue incarnait son fantasme, celui tant de fois imaginé… Il aurait pu s'amuser avec elle avant d'en finir. Il aurait pu connaître la jouissance suprême, mais la belle lui a faussé compagnie. Des mois qu'il ne prend plus ses médicaments ; des mois qu'il ne voit plus de psychiatres. Ses démons le reprennent… Il lui faut une femme. Les voix se bousculent dans sa tête. Les voix réclament un sacrifice humain… Elles le rendent fou. Il ne dort plus. Il revoit le beau visage effrayé de la jolie brune, la terreur se reflétant dans ses yeux vert gris. Il repense à la scène sur le bord de la route. Il roulait tranquillement, longeant la forêt quand, telle une créature merveilleuse, cette princesse des temps jadis lui est apparue. Un jeune homme lui tenait la main. Ils semblaient épuisés. Il s'est alors arrêté pour leur proposer de les prendre à bord de son véhicule. Ils n'ont pas hésité longtemps. Il leur a offert du soda dans lequel il a discrètement versé du GHB. Quand les jeunes gens se sont endormis, il s'est débarrassé du garçon sur le bord de la route. Il en serait quitte pour une belle migraine à son réveil. Ensuite, il s'est empressé de rejoindre son repaire, la forge abandonnée en pleine forêt, pour s'occuper de sa belle endormie. Mais rien ne s'est passé comme prévu et il se retrouve maintenant frustré et en colère. Il l'a d'abord séquestrée plusieurs jours, savourant le plaisir de la savoir à sa merci. Il se régalait à observer sa proie terrorisée, laissant monter en lui le désir. Quand son excitation fut à son paroxysme, il décida enfin de passer à l'acte. Il l'attrapa par le poignet où miroitait un fin bracelet d'ambre. Et soudain, tout bascula. Il reçut comme une décharge électrique et fut pris d'un étourdissement. Elle eut le temps de dérober les clefs du cadenas qu'il portait à la ceinture et de se sauver avant son réveil. La nuit était tombée et il ne put la rattraper dans l'inextricable forêt. Plus tard, il apprit par le journal qu'une adolescente en état de choc avait été retrouvée dans les bois.

Fabrice est un incompris, un solitaire… Du plus loin qu'il se souvienne, il a toujours été différent. C'était un enfant difficile, asocial et cruel. Croyant lui faire plaisir, ses parents lui offrirent un chaton pour ses dix ans. La pauvre bête devint vite son souffre-douleur. Il finit par l'étrangler et la jeter dans le lac. Son caractère empira à l'adolescence. Il commença à entendre des voix. Ses parents l'obligèrent à consulter. Il fut même interné de longs mois en hôpital psychiatrique. Il devait se soumettre à un traitement lourd alors que les jeunes de son âge vivaient leurs premiers flirts et s'amusaient en soirées. Il s'isola un peu plus, nourrissant une haine de ses semblables. Avec les filles, ses relations étaient compliquées. Elles fuyaient comme la peste cet adolescent boutonneux à l'humeur maussade surnommé « le taré » dans le lycée. Il se mit à les détester autant qu'il les désirait physiquement. Adulte, il manifesta un certain intérêt pour les sciences occultes. Il était persuadé que les voix qui résonnaient dans sa tête appartenaient à des démons, que Lucifer lui-même s'adressait à lui. Il ne prenait pas régulièrement ses médicaments. Il était parti de chez ses parents pour s'installer dans un studio minable où il végétait grâce à sa maigre pension d'adulte handicapé. Ce solitaire aimait errer de longues heures en pleine forêt. C'est ainsi qu'il découvrit la forge. Il prit l'habitude de s'y rendre pour se livrer à des rites sacrificiels sur de petits animaux. Il attrapait des lapins et autres menus gibiers à l'aide de pièges avant de les égorger. Ensuite, il mangeait le cœur encore palpitant de la bête. Dans son esprit tordu, il s'agissait d'une offrande aux démons. Aujourd'hui, les animaux ne suffisent plus ; Lucifer réclame d'autres sacrifices…

Il est onze heures du matin. Fabrice traîne encore sur le vieux clic-clac défoncé. Les draps sales sentent la sueur. Le studio est dans un désordre indescriptible. Des canettes, des cartons de pizzas, des paquets de chips et des vêtements à la propreté douteuse jonchent le sol. La kitchenette est envahie par la vaisselle souillée. Ça sent le renfermé et la crasse, mais l'occupant de ce triste taudis s'est habitué à l'odeur nauséabonde. Soudain, la sonnette de la porte d'entrée retentit, le tirant de sa torpeur. Il n'attend personne, il n'a aucun ami. Qui peut bien venir le déranger ? Certainement un colporteur… Il enfonce sa tête sous les couvertures. L'importun finira bien par se lasser… On insiste pourtant. La sonnette retentit de nouveau, puis une voix familière :

— Fabrice, c'est maman ! Fabrice, ouvre-moi ! Je sais que tu es là. Je ne partirai pas, je te préviens Fabrice, j'ai tout mon temps.

« *Oh non, pas elle ! Elle ne va pas lâcher l'affaire !* » pense-t-il.

— Arrête de brailler ! J'arrive !

Il se lève à contrecœur, enfile un vieux jean qui traîne au sol et se dirige vers la porte d'entrée en prenant tout son temps. Sa mère pénètre enfin dans le studio et jette un regard mécontent sur les lieux.

— Enfin, Fabrice, comment peux-tu vivre dans une telle porcherie ? Je ne t'ai pas élevé de la sorte ! Tu n'as rien à faire de tes journées, ne me dis pas que tu n'as pas le temps de faire un peu de ménage !

Elle ouvre en grand la fenêtre avant de reprendre son monologue :

— Un peu d'air frais, ce ne sera pas du luxe. Ça sent le fauve ici ! Mon Dieu ! Et cette pile de vaisselle sale !

Elle commence à faire couler de l'eau chaude dans l'évier et s'empare d'une éponge.

— Laisse ça, maman ! Tu n'as pas fait tout ce chemin pour faire ma vaisselle. Dis-moi plutôt ce que tu veux !

Entêtée, elle continue à laver verres, tasses et assiettes, et lui répond :

— N'aie crainte ! Je t'exposerai le but de ma visite tout à l'heure. Comme je te l'ai dit, j'ai tout mon temps. Pour l'instant, je remets un peu d'ordre dans cette cuisine histoire d'y voir plus clair.

— Comme tu voudras. Je vais faire du café. En veux-tu ?

— Volontiers.

La vaisselle propre est à présent bien rangée dans l'égouttoir. Sa mère passe un dernier coup d'éponge sur la table avant d'y déposer deux tasses dans lesquelles son fils verse le café fumant. Tous deux se dévisagent en buvant à petites gorgées. Fabrice prend enfin la parole :

— Maman, pourquoi es-tu ici ?

— Fabrice, des mois sans aucune nouvelle ! Tu ne réponds pas à mes coups de fil. Je me suis donc déplacée.

— J'avais besoin d'être seul et tranquille.

— Enfin, je suis ta mère tout de même !

— Quand nous nous voyons, tu m'abreuves de reproches et ton seul sujet de conversation tourne autour de ma maladie. Alors oui, j'ai voulu prendre mes distances. Je ne suis plus ton petit garçon, maman ! J'ai grandi. Je suis un homme maintenant !

— Justement, tu fais n'importe quoi, Fabrice ! J'ai téléphoné au docteur Larivière. Tu ne vas plus aux rendez-vous. Tu n'as plus d'ordonnance. J'en déduis qu'une fois de plus, tu as arrêté de prendre tes médicaments. Ce n'est pas sérieux !

— Nous y voilà ! C'est donc pour ça que tu es venue ?

— Écoute-moi bien ! Je t'ai pris rendez-vous la semaine prochaine avec ton psychiatre et tu as intérêt à y aller. Si tu ne le fais pas, je te fais interner d'office. Me suis-je bien fait comprendre, Fabrice ?

— Tu es ignoble de me soumettre à un tel chantage !

— C'est pour ton bien, crois-moi ! Prends ce papier ! J'y ai noté le jour et l'heure du rendez-vous. Je vérifierai que tu es bien allé voir le docteur Larivière.

— J'irai puisque tu ne me laisses pas le choix, soupire-t-il.

— Je suppose que tu n'as rien à manger chez toi ?

— Si, des boîtes de conserve.

— C'est bien ce que je disais. Il fait beau. Regarde, le soleil brille ! Si nous sortions nous aérer ? Nous en profiterions pour manger un morceau. Je t'invite.

— Si tu insistes, répond-il sans grand enthousiasme.

— Allez, va prendre une douche. N'oublie pas de te raser et mets des vêtements convenables ! Je vais faire un peu de rangement en attendant.

Comprenant qu'elle ne le lâcherait pas, Fabrice se dirige vers la salle d'eau.

Lorsqu'il revient, sa mère a rempli un grand sac poubelle de détritus, lancé une machine de linge et elle achève de passer le balai.

— Finalement, je me demande si tu ne devrais pas venir plus souvent…

Il est rasé de près et sent le savon et l'after-shave. Sa mère le regarde tendrement :

— Que tu es beau !

— Ne dis pas n'importe quoi, maman ! Aucune fille ne s'est jamais intéressée à moi.

— Ça, ce n'est pas à cause de ton physique, mais de ton mauvais caractère et de tes troubles. Voilà pourquoi tu dois te soigner. Tu es séduisant, mon fils, tu as beaucoup de charme avec tes yeux bleus. Ce n'est pas en restant enfermé toute la journée ici que tu rencontreras quelqu'un ! Il te faut sortir, voir du monde.

— Je suis un solitaire, et de toute façon, les femmes sont toutes des pestes. Je les hais, sauf toi, bien sûr.

— Tu dis cela parce que tu n'as pas encore trouvé la bonne…

— J'en avais trouvé une, mais…

— Mais quoi ?

— Elle est partie. Je n'ai pas envie d'en parler. Sortons ! J'ai faim.

Fabrice sort du cabinet du docteur Larivière. Après l'avoir longuement sermonné, le psychiatre lui a délivré une ordonnance longue comme le bras. Il a rendez-vous le mois prochain. Il serait tenté de ne pas prendre ses médicaments, mais il ne pourra tromper le praticien. Le médecin s'en apercevra forcément. Fabrice n'a pas envie d'être interné. S'il ne se soigne pas, on l'enfermera. Maussade, il arpente les couloirs de l'hôpital lorsque, soudain, apparaît devant lui la jeune fille de la forge. Indifférente, elle le croise sans le reconnaître. Lui n'en revient pas. Ce ne peut être le fruit du hasard. C'est un signe. Cette fille lui est destinée. Il rebrousse chemin et la suit discrètement jusqu'à sa chambre. Il frappe et attend qu'elle l'invite à entrer.

— Excusez-moi, Mademoiselle, j'ai dû me tromper de chambre. Je cherche ma cousine. La pauvre est très malade…

— Et moi je pensais que c'était ma mère. C'est l'heure à laquelle elle me rend visite habituellement. Le temps me paraît si long ici.

« C'est insensé ! Elle ne se souvient pas de moi. »

— Voulez-vous que je vous tienne compagnie un petit moment ?

— Et votre cousine ?

— Les médecins l'ont tellement droguée que c'est tout juste si elle s'aperçoit de mes visites. Mais je ne me suis pas présenté : Fabrice.

— Enchantée Fabrice, moi c'est Lili-Rose. Je vais beaucoup mieux, mais les docteurs ne veulent pas me laisser rentrer chez moi. J'ai un problème de plaquettes. Ils me font tout un tas d'examens. Si vous saviez comme j'en ai marre… Et puis, ce psychiatre, le docteur Larivière, qui vient me parler tous les jours afin que je retrouve la mémoire, il est d'un barbant…

— Vous êtes amnésique ?

— Pas complètement. J'ai disparu quelque temps et je n'ai aucun souvenir de cette période, mais je dois vous ennuyer avec toutes mes histoires…

— Pas le moins du monde. Je pourrais passer des heures à vous écouter.

À ces mots, la jeune fille se trouble et rougit. Au même instant, on frappe à la porte.

— Cette fois-ci, ce doit être ma mère.

— Alors, je ne vous dérange pas plus longtemps. Au revoir, Lili-Rose. Madame.

— Monsieur. Qui est cet homme, Lili ?

— Un homme charmant. Il s'était trompé de porte. Nous avons fait un brin de causette.

— Ah bon. Il a l'air bizarre, non ? Tu ne trouves pas ?

Fabrice frappe à la porte de Lili-Rose. Il a pris soin de venir plus tôt que la dernière fois afin de ne pas croiser sa mère. Il pénètre dans la chambre, un magnifique bouquet de roses saumon à la main.

— Bonjour, Lili-Rose, j'ai porté des fleurs à ma cousine. Je me suis dit que ces quelques roses égayeraient vos journées. Des roses pour Lili-Rose !

— Elles sont superbes, Fabrice ! Comme c'est gentil ! Je vous remercie, mais il ne fallait pas.

— Ce n'est rien, je vous en prie. Je ne vous dérange pas, j'espère ? Vous n'attendez pas votre psychiatre ?

— Non, au contraire, je suis heureuse d'avoir de la compagnie. Le docteur Larivière est passé ce matin. L'après-midi est réservé à ses consultations au cabinet.

Fabrice est rassuré, il craignait d'être démasqué par le thérapeute.

— Comment vous sentez-vous aujourd'hui ?

— Je m'ennuie. Je déteste passer mes journées à l'hôpital. La nourriture est horriblement mauvaise et je suis soumise à des examens et prises de sang… J'en ai marre. Mes parents viennent me voir, ma mère surtout, car mon père travaille beaucoup, mais ils habitent loin, à Parentis-en-Born.

— Vous êtes de Parentis. Je connais surtout Biscarrosse à cause de la plage. C'est sympa par là-bas…

— Oh oui, comme j'aimerais pouvoir y retourner. Je vis dans une très belle maison ancienne, la villa Malichecq. Tout le monde la connaît. C'est une des plus vieilles du village. Comme j'aimerais retrouver ma chambre, mes amis… Heureusement, vous êtes venu me changer les idées.

Fabrice se dit qu'elle est bien naïve et qu'il lui sera facile de localiser sa demeure avec de telles explications.

— Vous portez un magnifique bracelet. C'est de l'ambre, n'est-ce pas ?

— Tout à fait ! Ma mère, qui d'ailleurs se prénomme Ambre, est persuadée qu'il m'a protégée pendant ma disparition.

— Ah bon ? Et de quelle façon ?

— Voyez-vous, selon une légende, l'ambre servirait de talisman de protection, en particulier contre les enlèvements d'enfants. Je dois vous préciser que ma mère est un peu sorcière.

— Dites-m'en plus ! Je suis moi-même un passionné de sciences occultes.

— Vraiment ! C'est donc la providence qui vous a mis sur mon chemin. J'adore parler de ce genre de choses. Ma mère porte en permanence autour du cou un pentacle avec en son centre une pierre d'ambre. C'est un bijou d'une grande beauté qui lui a été légué par mon arrière-grand-mère, l'ancienne guérisseuse du village. Mais attendez, ce n'est pas tout. Ma marraine Vénusia est une grande prêtresse du culte Wicca. C'est une voyante très réputée. C'est elle qui m'a retrouvée lorsque j'ai disparu grâce à son don. Nous ne sommes pas une famille ordinaire.

— Si ça se trouve, vous avez des dons vous aussi. Souvent, cela se transmet de mère en fille.

— Vous pensez ? Ce serait formidable…

— Je vais vous faire une confidence. Je suis aussi un peu sorcier. Les esprits me parlent. Mais promettez-moi de ne le dire à quiconque ! Je compte sur votre discrétion. On me prendrait pour un fou si cela s'ébruitait.

— N'ayez crainte, Fabrice ! Je serai muette comme une tombe.

Comme chaque jour, Ambre vient rendre visite à sa fille. Elle sait à quel point Lili-Rose se languit à l'hôpital. Elle voudrait pouvoir passer plus de temps auprès de son enfant, mais le docteur Larivière s'y oppose. Dans le couloir, elle croise un homme dont l'allure lui semble familière. Dans la chambre, Lili est en train de lire. Sur le chevet trône un magnifique bouquet de fleurs. Après avoir embrassé sa fille, elle lui demande :

— Qui donc t'a offert ces superbes roses ?

— Elles sont belles, n'est-ce pas ? C'est un cadeau de Fabrice.

— Fabrice ? C'est un de tes copains de classe ?

— Non, pas du tout ; il s'agit de cet homme charmant qui s'était trompé de chambre hier. Il en a aussi porté à sa cousine qui souffre d'un cancer, la pauvre…

Les traits d'Ambre trahissent l'inquiétude et la désapprobation. Il s'agit de cet homme croisé dans le couloir quelques minutes plus tôt.

— Pourquoi les as-tu acceptées, Lili ?

— Et pourquoi pas ?

— Mais enfin, tu ne sais rien de cet homme ! Il est beaucoup plus âgé que toi ! Je t'ai dit la dernière fois que je le trouvais bizarre. Promets-moi de ne plus le laisser entrer dans ta chambre s'il revient te voir !

— Mais pourquoi, enfin ? Il est très gentil. Nous avons discuté, rien de plus. Je m'ennuie tellement ici. Les distractions sont rares, tu sais, maman…

— Je comprends que les journées te semblent longues, ma chérie, et si ça ne tenait qu'à moi, je resterais à tes côtés, mais tu connais les consignes du docteur Larivière.

— Oh, celui-là, même pas capable de m'aider à retrouver la mémoire, mais pour nous enquiquiner, on peut compter sur lui !

À ces mots, Ambre ne peut réprimer un sourire. Elle non plus n'apprécie pas spécialement le psychiatre…

— Pour en revenir à ce Fabrice, promets-moi de l'éconduire la prochaine fois ?

— Oui, maman, ne t'inquiète pas, je te le promets.

Elles changent de sujet de conversation et discutent de choses et d'autres jusqu'à la fin de l'heure des visites. Ambre part ensuite à regret, espérant que sa fille tiendra sa promesse.

Quelques semaines plus tard : les voix se sont enfin tues. Fabrice dort mieux. Il est plus calme et plus équilibré. Les médicaments remplissent leur office. Il a même rangé son studio. Dimanche, il est allé voir sa mère. Ce n'était pas désintéressé, bien sûr… Il voulait qu'elle constate sa métamorphose. Sa plus grande crainte serait de finir en hôpital psychiatrique. Maintenant, elle est rassurée sur son état de santé. Il pense à Lili-Rose. Il lui a rendu visite régulièrement ces dernières semaines. Il s'est attaché à elle. Et dire qu'il a failli commettre l'irréparable dans cette forge… La faute en échoit à ces maudites voix. Heureusement qu'elles ne le tourmentent plus. Il ne supporte pas l'idée de faire du mal à celle qui fait désormais battre son cœur. Pour la toute première fois de sa vie, Fabrice est amoureux. Cette fille est tellement différente des autres. Elle apprécie sa présence et sa conversation. Ils ont des centres d'intérêt commun, la magie et la sorcellerie. Ils peuvent en discuter pendant des heures sans jamais se lasser. C'est aussi par amour pour elle qu'il s'astreint à suivre les prescriptions du docteur Larivière à la lettre. Il sait que sa camisole chimique tient les voix à distance. Il ne veut pas prendre le risque de redevenir un monstre qui pourrait s'en prendre à la douce jeune fille. Depuis quelques jours, il est malheureux et inquiet. L'état de santé de Lili-Rose s'est brutalement dégradé. Il n'en sait guère plus, sauf qu'elle a été transférée dans un autre service où les visites sont strictement réglementées. Il ne peut plus la voir et cette situation le chagrine au plus haut point. Elle lui manque et il espère que les médecins finiront par la soigner. S'il lui arrivait malheur, il ne s'en remettrait jamais. À cette pensée, de grosses larmes perlent au coin de ses magnifiques yeux bleus.

Chapitre VIII

Lili-Rose est fiévreuse. Elle a perdu l'appétit et une grande fatigue s'est abattue sur l'ensemble de son organisme. En outre, elle souffre de douleurs articulaires au niveau des poignets et des chevilles, des élancements aigus qui parfois la réveillent la nuit. Ses yeux sont si secs qu'elle doit utiliser du collyre pour pallier cet inconfort. Ce matin, elle a décidé de démêler sa longue chevelure noir corbeau. Alors qu'elle les brosse énergiquement, elle constate avec horreur qu'elle perd ses cheveux par poignées. Elle pousse un grand cri d'effroi et attrape son miroir dans le tiroir de la table de chevet. Quel n'est pas son désarroi en constatant une affreuse éruption cutanée sur son joli minois ! Un masque rouge en forme d'ailes de papillon recouvre son nez, ses pommettes et ses yeux, dont les paupières sont anormalement gonflées. Frappée de stupeur, elle laisse tomber le miroir qui se brise en mille morceaux. Elle voudrait pleurer, mais ses yeux lui font trop mal. Elle sonne l'infirmière qui arrive quelques minutes plus tard.

— Regardez mon visage ! Que m'arrive-t-il ? C'est une catastrophe ! Je suis défigurée. En plus, je perds mes cheveux, se lamente la jeune fille.

— Calmez-vous, Mademoiselle ! Vous ne devez pas vous mettre dans un tel état. Ce n'est pas bon pour vous. Le médecin passera bientôt vous voir. En attendant, je vais demander à ce qu'une femme de ménage vienne ramasser ces débris par terre. Ne vous levez pas ! Vous pourriez vous blesser.

Le médecin est auprès de la jeune malade. Il lui parle avec douceur, tentant de la rassurer :

— Écoutez, pour l'instant, je ne connais pas la cause de cette éruption ni de votre alopécie…

— Alopéquoi ? l'interrompt-elle.

— L'alopécie est une perte de cheveux diffuse. Je disais donc que je ne connais pas encore la cause de vos symptômes, mais nous allons procéder à une batterie d'examens complémentaires. Je vous promets que bientôt, nous saurons exactement de quoi vous souffrez. En attendant, reposez-vous !

— Vous en avez de bonnes, vous ! Comment voulez-vous que je me repose alors que je suis affreuse, que je deviens chauve ? Encore des examens ! Je n'en peux plus de tous ces examens, moi !

— Je comprends, ce n'est pas facile, mais soyez courageuse et coopérative, et tout se passera bien. Je vous laisse, j'ai d'autres patients qui m'attendent.

Lili-Rose pense à Fabrice. Elle se souvient de ses visites quotidiennes et de leurs longues conversations. Pourtant, elle ne regrette pas tellement de ne plus le voir. À bien y réfléchir, elle avait fini par le trouver quelque peu étrange… Une drôle de sensation l'envahissait en sa présence, un je-ne-sais-quoi de dérangeant, comme une impression de déjà-vu… L'homme se montrait pourtant extrêmement empressé, un peu trop même. Elle le soupçonnait d'avoir le béguin pour elle. Sa mère n'avait pas tort. Il était beaucoup plus âgé. Un personnage atypique qui avait fait irruption dans sa vie par hasard. Mais était-ce une coïncidence ? Elle ne savait pas grand-chose de lui. Elle l'avait vu en rêve la nuit dernière et s'était réveillée en sueur. Mais de ce songe, nul souvenir, juste une impression désagréable, comme un goût amer. Le docteur Larivière l'encourageait à raconter ses voyages oniriques. Le psychiatre pensait que des souvenirs pouvaient s'y glisser. Devait-elle lui parler de Fabrice ?

Lili-Rose a été examinée par un dermatologue, un ophtalmologiste, un rhumatologue et pour finir un néphrologue. Outre les analyses de sang et d'urines, on l'a soumise à des radiographies, échographies, scanners, IRM, biopsies et tests respiratoires. Elle est à bout de nerfs… Elle se sent comme un cobaye, un animal de laboratoire. Son séjour à l'hôpital lui semble de plus en plus pesant et inhumain. Son moral est au plus bas. Elle s'imagine atteinte d'un mal mystérieux et incurable. Les désagréments esthétiques comme la perte de cheveux et l'éruption cutanée sur son visage, associés aux douleurs de la fièvre, des rhumatismes et du gonflement des paupières, l'épuisent physiquement et psychologiquement. Elle a maigri et son sommeil est agité. Mais plus que tout, elle est rongée par l'angoisse d'être atteinte d'une grave maladie… Elle est si jeune, il lui reste encore tant de choses à vivre. Elle ne supporte plus le regard inquiet de sa mère à son chevet. La sollicitude de ses proches qu'elle prend pour de la pitié l'exaspère. Elle prétexte son état de grande fatigue pour limiter les visites au strict minimum.

Le médecin en chef est auprès de Lili-Rose. Il s'éclaircit la voix et prend la parole d'un ton docte :

— Mademoiselle, vous êtes atteinte d'un lupus érythémateux disséminé.

— C'est grave ?

— Laissez-moi poursuivre, je vous prie ! Il s'agit d'une maladie inflammatoire chronique auto-immune liée au dysfonctionnement de vos défenses immunitaires.

Il s'interrompt un instant pour lui laisser le temps de digérer l'information. La malade blêmit, quoiqu'elle ne comprenne pas grand-chose à son jargon médical, mais elle suppute que ces termes barbares n'augurent rien de bon. Il poursuit ses explications :

— Ne vous alarmez pas inutilement ! Ça se soigne bien de nos jours. Ce qui m'inquiète, c'est l'état de vos reins, surtout votre rein droit. La maladie a atteint plus particulièrement cet organe. Il est possible que nous devions vous dialyser.

— Est-ce douloureux ? Je vous avertis que je n'en peux plus, Docteur. Après tous ces examens…

— En ce qui concerne la dialyse, c'est du domaine du néphrologue. Il vous expliquera tout cela lui-même. Je dois vous prévenir qu'il n'existe pas encore de traitement permettant de guérir définitivement d'un lupus, mais nous pouvons vous soulager. Vous pourrez connaître des périodes de rémission parfois très longues. Nous allons vous administrer des médicaments tels que des corticoïdes, anti-inflammatoires, antipaludéens et autres molécules. Vous ne devez pas fumer et évitez de vous exposer au soleil.

— Pour le tabac, pas de souci, mais j'habite à deux pas de Biscarrosse Plage. J'aime me baigner, j'aime l'océan.

— Eh bien, abritez-vous sous un parasol et utilisez un produit solaire indice maximum !

— Inutile de vous préciser que je déteste avaler des médicaments !

— Mademoiselle, il va falloir y mettre de la bonne volonté !

Il est à peine six heures du matin quand Lili-Rose émerge d'un cauchemar. Elle a du mal à reprendre ses esprits, à réaliser que tout ceci s'est réellement passé… Elle sonne l'infirmière. Lorsque cette dernière apparaît quelques instants plus tard, elle trouve la jeune malade dans un état d'extrême agitation.

— Je dois voir le docteur Larivière. C'est très urgent. J'ai retrouvé la mémoire et je suis en grand danger.

— Mais, Mademoiselle, il est trop tôt. Le docteur n'est pas encore là.

— Vous n'avez qu'à l'appeler à son domicile ! Je vous dis que c'est une affaire de vie ou de mort.

— C'est impossible. Patientez quelques heures !

Restée seule, Lili-Rose téléphone à sa mère :

— Maman.

— Lili ? répond-elle d'une voix ensommeillée.

— Maman, j'ai retrouvé la mémoire. Tu dois prévenir la police, immédiatement ! Ils doivent venir à l'hôpital, tout de suite.

— Raconte-moi, Lili !

— Ne perds pas de temps, maman, s'il te plaît ! Appelle la police ! Je suis en danger. J'ai peur, maman.

— Ne t'inquiète pas, ma chérie ! Je les préviens et ensuite je prends la route pour l'hôpital. Ton père est en déplacement professionnel. Je t'aime, mon ange.

Les policiers sont auprès de Lili-Rose. Elle leur raconte comment elle est partie en pleine nuit du domicile de ses parents avec Adrian, dont ils sont toujours sans nouvelles. La raison de ce départ précipité est encore floue dans l'esprit de la jeune fille. Par contre, elle se souvient très bien qu'un homme les a pris à bord de son véhicule, alors qu'ils marchaient côte à côte sur le bas-côté d'une route longeant la forêt. Ensuite, elle s'est endormie sur la banquette arrière. À son réveil, elle était séquestrée dans une ancienne forge. Adrian n'était pas avec elle. L'homme a tenté de la brutaliser, mais il a fait un malaise. Elle en a profité pour lui subtiliser les clefs du cadenas de la porte. Elle s'est enfuie dans la forêt et a couru longtemps jusqu'à ce qu'elle s'écroule, épuisée. Cet homme, elle l'a revu à l'hôpital. Il prétend s'appeler Fabrice. À cause de son amnésie, elle ne l'a pas reconnu. Il a feint de s'être trompé de chambre pour entrer en contact avec elle, soi-disant pour rendre visite à une cousine malade. Elle leur explique comment, petit à petit, il a réussi à gagner sa confiance. Elle insiste sur le fait qu'il est un peu bizarre, passionné par les sciences occultes et qu'il lui aurait confié entendre des voix. Ses visites ont cessé quand elle a été transférée dans le service où elle se trouve actuellement à cause de la dégradation de son état de santé. Seuls ses proches sont autorisés à pénétrer dans sa chambre. Les policiers lui assurent qu'ils vont poster un agent devant sa porte au cas où il tenterait de revenir malgré tout. Ils procèdent ensuite à la réalisation d'un portrait-robot. Alors qu'ils s'apprêtent à quitter les lieux, le docteur Larivière fait son apparition dans la chambre. Ils lui montrent le portrait-robot.

— On dirait un de mes patients, un certain Fabrice Charpentier.

— De quoi souffre-t-il ?

— De schizophrénie.

— Pensez-vous, Docteur, qu'il puisse être potentiellement dangereux ?

— Écoutez, c'est difficile à évaluer. Le problème avec lui, c'est qu'il ne prend pas son traitement régulièrement. La dernière fois que je l'ai vu, il semblait aller beaucoup mieux. Mais quel est le rapport avec mademoiselle Latour ?

— Elle va tout vous expliquer elle-même puisqu'elle a retrouvé la mémoire. Une dernière question : ce patient, vous le recevez ici, à l'hôpital ?

— Tout à fait !

Lili-Rose est encore sous le choc. Elle vient de s'entretenir un long moment avec le psychiatre. Restée seule, elle se dit que Fabrice l'a manipulée. Elle se sent trahie, salie et abusée. Et Adrian, qu'est-il advenu de lui ? Le schizophrène s'en serait-il pris au jeune Roumain ? Sa mère avait raison de se méfier de cet homme. Elle aurait dû tenir compte de ses avertissements au lieu de n'en faire qu'à sa tête. Elle se fait la réflexion que cette dernière est en retard, ce qui ne lui ressemble pas. Elle tente de la joindre, mais en vain. Sa mère est sur messagerie. Ce n'est pas non plus dans ses habitudes de ne pas répondre au téléphone, surtout en de telles circonstances. Elle tente de se reposer sans y parvenir. Trop d'émotions la bouleversent. Elle voudrait se blottir dans les bras de sa mère pour pleurer tout son saoul.

Chapitre IX

Fabrice est occupé à sortir son linge de la machine tout en pensant à Lili-Rose. Elle lui manque tellement. Son sourire, sa voix, sa présence, autant de détails qui illuminaient son quotidien. Par amour, il s'est complètement repris en main. Il se soigne désormais, respectant les ordonnances du docteur Larivière à la lettre. Terminées les journées oisives à traîner au lit. Maintenant, il range, nettoie et astique de fond en comble son studio qui en deviendrait presque coquet. Il s'est mis au jogging pour avoir un corps d'athlète. Il veut être beau pour lui plaire. Soudain, son rêve se brise sur des coups violents frappés à la porte :

— Police ! Ouvrez !

La panière de linge lui échappe des mains. Il panique et reste tétanisé sur place. Finalement, il réussit à articuler :

— Je vous ouvre.

Les policiers se ruent dans la pièce. Ils sont armés. Sidéré, Fabrice ne leur oppose aucune résistance et c'est avec facilité qu'ils le menottent.

Un peu plus tard, au commissariat :

— Fabrice, tu sais pourquoi on t'a embarqué ?

Le suspect ne répond pas.

— Je vais te rafraîchir la mémoire. Lili-Rose Latour, tu la connais ?

— Lili-Rose ! Elle va bien, j'espère ? Il ne lui est rien arrivé ?

— Donc tu avoues la connaître ?

— Oui, c'est mon amie, mais que lui est-il arrivé ?

— Donc toi tu séquestres tes amies ? interroge le policier goguenard.

— Non, mais ça, c'était avant… Maintenant, je ne lui ferais pas le moindre mal. Je suis amoureux d'elle.

— Avant quoi ?

— Avant que je me soigne. C'était à cause des voix qui parlaient dans ma tête. Ce sont ces voix qui m'ont ordonné de l'enlever. Maintenant, tout va bien. Mon psychiatre me donne des médicaments et les voix se sont tues.

Le policier prononce cette phrase doucement, comme il le ferait avec un enfant :

— Et Adrian, son ami Adrian, un jeune Roumain, elles t'ont ordonné de le tuer, ces voix ?

— Mais non, absolument pas ! Seule Lili-Rose m'intéressait. Pas le garçon !

— Alors, où est-il ? On est sans nouvelles de lui depuis des mois. Aucune trace. Évaporé dans la nature. Lili-Rose affirme qu'ils sont tous les deux montés dans ta voiture. Après, elle s'est réveillée dans la forge où tu l'as séquestrée. Je t'avertis qu'une équipe est partie passer les lieux au peigne fin. C'est dans ton intérêt de nous dire tout de suite où tu as caché le corps. On finira bien par le trouver.

Fabrice se prend la tête entre les mains.

— Le corps ? Mais quel corps ? Il est vivant ! Du moins, il l'était quand je l'ai déposé sur le bord de la route. J'avais mis du GHB dans une bouteille de soda que j'ai offerte aux jeunes. Ils se sont endormis. Le garçon ne m'intéressait pas. Il dormait et je l'ai déposé sur le bord de la route. Et Lili-Rose, elle était belle, elle me plaisait… Je l'ai transportée dans mon repaire, la forge. Mais je ne lui ai pas fait de mal. Je lui donnais à boire et à manger.

— Tu voulais la violer ?

Fabrice baisse le regard, gêné.

— Réponds ! Tu as essayé de la violer, c'est ça ? Elle nous l'a dit. Il paraît que tu as fait un malaise. C'est comme ça qu'elle a réussi à s'échapper. Tu confirmes ?

— Oui, mais j'ai changé. C'était à cause des voix. Tout va bien, maintenant.

— Bon, Fabrice, on va récapituler tout ça pour le mettre par écrit. Et ensuite, tu n'auras plus qu'à signer tes aveux.

Fabrice est en cellule. Les policiers discutent entre eux :

— Tu en penses quoi ?

— Ce gars est complètement dingue !

— Ou alors il nous balade…

— Non, je ne pense pas. Il a réellement une case en moins. Tu crois qu'il a tué le Roumain ?

— De toute façon, tant qu'on n'a pas retrouvé le corps, on ne peut pas l'inculper, mais il n'ira pas en prison. Avec ce genre de cinglés, tu sais bien comment cela se passe… Les experts-psychiatres vont s'en mêler, et au pire, il se retrouvera en UHSA[2] à l'hôpital de Cadillac.

— C'est certainement la meilleure chose qui puisse lui arriver. Au moins, là-bas il sera soigné en étant pris en charge par l'administration pénitentiaire. Il sera hors d'état de nuire. C'est triste à dire, mais ce type me ferait presque de la peine ; il est malade et obéit à des pulsions. Il n'a pas sa place en prison.

— Fais gaffe ! Tu deviens sentimental.

Fabrice est allongé dans l'inconfort de la cellule exiguë, anéanti et épuisé, après cet interrogatoire durant lequel les policiers l'ont traité comme un criminel. Les murs lépreux puent la saleté et la vieille transpiration. Lili-Rose doit certainement le détester maintenant qu'elle a retrouvé la mémoire. Un monstre, c'est désormais ce qu'il incarne aux yeux de la

---

[2] Unité Hospitalière Spécialement Aménagée surnommée « hôpital-prison » par la presse.

femme dont il est amoureux. Pourtant, il a changé. Il peut maîtriser ses pulsions, dorénavant. Et ce garçon qui a disparu ? Il sait bien qu'il ne lui a fait aucun mal. Les policiers ont pourtant l'air déterminés à lui faire porter le chapeau. Il constitue un coupable idéal. Que va-t-il advenir de lui ? À bout de nerfs, il pleure en silence, se lamentant sur son propre sort. C'est la prison qui l'attend, ou alors l'hôpital psychiatrique, ce qui ne vaut guère mieux… Il maudit cette maladie dont il est l'otage. Tout a toujours été plus compliqué pour lui, plus douloureux aussi. Sa vie aurait été si simple sans ses troubles… Le sort en a décidé autrement. Pour une fois qu'il était heureux et amoureux. Soudain, un accès de rage l'étreint. Il hurle, mais en vain. Personne ne viendra lui porter secours au fond de sa cellule. C'est alors qu'une violente crise d'épilepsie s'empare de lui. Un policier passe par là au même moment.

Un peu plus tard, Fabrice se réveille dans une chambre d'hôpital. Désorienté, il appelle à l'aide. Un policier pénètre dans sa chambre.

— Et toi, fais pas le mariole ! Je surveille ta chambre.

— Où suis-je ? Dans quel hôpital ? Que m'est-il arrivé ?

— J'suis pas ton infirmière. Boucle-la !

Comprenant qu'il n'obtiendra aucun renseignement de ce cerbère, il se résout à sonner l'infirmière. Cette dernière arrive quelques minutes plus tard et lui explique les raisons de son transfert à l'hôpital de Mont-de-Marsan. Elle l'oblige à avaler un sédatif, mais il recrache le comprimé dès qu'elle a le dos tourné. Il entend la jeune femme minauder dans le couloir avec le policier et saisit des bribes de leur conversation :

— Je vous offre un café ? Le distributeur de boissons est tout proche. Ça ne doit pas être drôle de faire le planton ici. Vous savez, j'ai toujours eu un petit faible pour les hommes en uniforme.

— J'avoue que c'est tentant, mais je ne peux quitter mon poste.

— Oh, ne vous inquiétez pas pour votre « client » ! Je viens de lui administrer un puissant somnifère. D'ici quelques minutes, il dormira comme un bébé. Profitons-en !

— Dans ce cas, allons-y, mais je compte sur votre discrétion.

Pour Fabrice, l'aubaine est trop belle…

Chapitre X

Ambre est encore sous l'effet du somnifère qu'elle a pris la veille au soir. Elle se prépare un café serré et se douche rapidement. Sa fille a besoin d'elle. C'est tout ce qui importe. Elle s'habille à la hâte et prend sa voiture pour se rendre à l'hôpital. Elle roule vite et réprime plusieurs bâillements. Elle aperçoit un feu au vert. Elle appuie sur l'accélérateur. Il est trop tard pour freiner lorsqu'il passe à l'orange. Elle se retrouve au milieu du carrefour dangereux alors que le feu est rouge. La collision est inévitable…

Ambre observe un corps étendu dans une salle d'hôpital avec des tuyaux qui lui sortent du nez et de la bouche. Elle voit la scène du plafond avec la sensation de flotter dans les airs. Autour du corps, des médecins et infirmières s'agitent. Elle prend conscience que ce corps est le sien, mais cela ne l'affole nullement. Au contraire, elle se sent incroyablement calme et paisible.

— On est en train de la perdre ! Défibrillateur ! Vite ! s'exclame un médecin.

Ces mots n'ont déjà plus une grande importance à ses yeux. Son enveloppe corporelle n'est qu'un véhicule et elle jouit de sentir son esprit libéré de toute contrainte, de se déplacer dans la pièce à sa guise. Elle voit de tous les côtés à la fois et éprouve le sentiment jubilatoire d'exister en dehors de sa chair avec toutes ses pensées, émotions et impressions, tout ce qui constitue l'essence de son être. Elle pense alors à sa fille, et se retrouve instantanément auprès d'elle. Lili-Rose dort paisiblement dans sa chambre d'hôpital. Elle a alors la sensation de pénétrer le cœur de son enfant et ressent tout l'amour que sa fille éprouve pour elle, un amour immense qui la bouleverse. Soudain, un infirmier poussant un brancard pénètre dans la chambre. Elle reconnaît son visage. Il s'agit de Fabrice. Doucement, avec d'infinies précautions, l'homme dépose Lili-Rose toujours endormie sur la civière. Ambre est maintenant dans le cœur de Fabrice et, en quelques secondes, elle sait tout de lui et de sa vie. Elle ressent son incommensurable souffrance, le drame d'être prisonnier d'une maladie qui affecte son mental et aussi l'amour véritable qu'il porte à son enfant. Il n'est animé d'aucune mauvaise intention à son égard, mais il est désespéré et ne mesure pas la portée de ce qu'il s'apprête à faire : enlever Lili-Rose et la soustraire aux soins vitaux qui lui sont nécessaires pour se maintenir en bonne santé. Ambre est brutalement plongée dans un abîme de ténèbres loin de Lili-Rose et Fabrice. Elle est au cœur du silence. Le temps n'a plus cours ici. Elle pense que, cette fois-ci, elle est morte pour de bon. C'est le néant, et pourtant, elle a conscience d'exister. Elle distingue une lumière au loin. Elle est alors propulsée vers cette lumière qui disperse l'obscurité jusqu'à inonder tout l'espace. Elle se fond dans cette lumière et ressent un amour tellement démesuré qu'aucun mot ne peut décrire un tel phénomène. Elle perçoit des couleurs et des sons d'une telle beauté, des paysages qui n'existent pas sur Terre. Elle est envahie d'une sérénité et d'une paix intérieures indescriptibles. Jamais auparavant elle ne s'est sentie aussi bien. C'est une sensation nouvelle, une sensation d'amour pur. Une silhouette lumineuse s'avance vers elle. Reconnaissant sa grand-mère, Ambre ne contient plus sa joie. Elle s'élance à sa rencontre et les deux femmes s'étreignent longuement.

— Mamie, tu m'as tellement manqué, si tu savais, mamie ! Je suis tellement heureuse d'être auprès de toi à présent. J'ai tant de choses à te raconter et à te demander aussi. Il faut que tu m'expliques comment utiliser mon don…

La vieille femme l'interrompt :

— Calme-toi, ma chérie ! Tu n'as rien à raconter. Je sais tout. J'ai toujours été à tes côtés, mon enfant. J'ai toujours veillé sur toi, tout au long de ta vie. Tu possèdes le don. Tu es l'héritière de la Lignée de la Rose. Aie confiance !

Sur ces paroles bienveillantes, l'aïeule s'évanouit dans la clarté éblouissante de ce paysage irréel.

— Mamie, non, je t'en prie ! Ne m'abandonne pas ! J'ai tant besoin de toi ! Où es-tu ?

Mais déjà, une autre silhouette s'avance vers Ambre.

— Audrey, c'est bien toi ?

— Ambre, mon amie, tu ne peux rester en ce lieu. Là n'est pas ta place, pas encore…

— Mais pourquoi ? Tout est si beau, calme et paisible ici. Je me sens tellement bien.

— Alors, pense à Lili-Rose ! Tu sais bien qu'elle est en danger. Pense à elle très fort et cela t'aidera à quitter cet endroit.

— Oh mon Dieu ! Ma fille ! Tu as raison. Je dois réintégrer mon corps.

Ambre se sent à l'étroit, comme si elle était enfermée dans une boîte. Elle réalise qu'elle est de nouveau à l'intérieur de son corps. Elle ressent une immense douleur tant physique que morale. Elle vient de quitter cet endroit empli d'amour et de merveilles pour l'enfer aseptisé d'une salle de réanimation. Sa chair n'est que blessures ouvertes. Elle a mal jusque dans ses os, mais par-dessus tout, elle souffre de la laideur du monde. Tout lui semble horrible en comparaison de l'extraordinaire expérience qu'elle a vécue. Le monde terrestre lui apparaît dans ce qu'il a de plus abject. Soudain, elle se souvient de la raison de son retour à la vie : sa fille Lili-Rose. Mais déjà, elle sombre dans l'inconscience. On vient de lui injecter une forte dose d'analgésiques.

Chapitre XI

Hildegarde prend sa tête entre ses mains. Son visage fatigué est baigné de larmes. Fabrice, son fils unique, est en cavale, recherché par la police, soupçonné d'homicide puis d'enlèvement et de tentative de viol sur une jeune fille malade. La schizophrénie a transformé son fils en monstre. Malgré tout, elle l'aime… Elle a toujours soutenu Fabrice, même contre son mari. Ce dernier ne supportait plus « *ce taré de gosse* », selon sa propre expression. Il a fini par les abandonner tous les deux. Alors elle s'est débrouillée seule pour élever cet adolescent taciturne et différent. Elle a consenti à mille sacrifices. Elle est restée célibataire. Fabrice effrayait tous les hommes. Elle était pourtant belle à l'époque. Elle repense à sa grand-mère, une femme étrange experte dans l'art de la sorcellerie. Beaucoup la craignaient, mais elle exerçait une véritable fascination mêlée de respect sur sa petite-fille. Son aïeule lui avait transmis ce prénom désuet. « *Dans notre famille, de nombreuses femmes s'appellent Hildegarde. Toutes sont vouées à un destin hors du commun !* » Les paroles de la vieille femme résonnent encore à ses oreilles. Grand-Maman descendait d'une noble famille. Cependant, ses ancêtres ruinés avaient dû vendre la particule au XIXe siècle. La sorcière prédisait l'avenir. Elle avait vu dans les viscères d'une poule le futur de sa petite-fille alors âgée d'une dizaine d'années. Elle donnerait naissance à un fils unique promis à un destin exceptionnel. Il serait doté de pouvoirs, notamment celui de correspondre avec les esprits de l'au-delà. « *Vieille folle ! Tu parles d'un destin exceptionnel !* » s'écrit Hildegarde, et elle secoue la tête avec colère en serrant les poings.

Hildegarde ne peut croire à la culpabilité de son fils pour l'homicide de ce jeune Roumain. Le kidnapping de la jeune fille, c'est une autre histoire… Fabrice est incapable de tuer. La police a dû se tromper… Mais comment en avoir le cœur net ? Sans nouvelles de lui, désespérée, elle est prête à tout. Une de ses amies lui a parlé d'une médium très compétente, une certaine Circé. Elle a pris rendez-vous avec la voyante. Impatiente et fébrile, la mère de famille se ronge les sangs en attendant de rencontrer cette femme. D'après son amie, cette médium accomplit des miracles. « *Justement, j'aurais bien besoin d'un miracle en ce moment !* » pense-t-elle, emplie d'espoir.

À Amou, dans la maison de garluche à colombages, Circé se sent oppressée. Elle sert le thé à cette femme aux traits tirés et fatigués. Elle étudie la physionomie d'Hildegarde avec attention. « *Difficile de lui donner un âge. Elle a dû être belle autrefois, mais même son charme s'est fané. Une personne grise et triste usée par trop de soucis* », conclut la voyante. Il plane dans l'atmosphère une menace diffuse. La médium perçoit des ondes négatives. La femme elle-même ne semble pas dangereuse. C'est sans doute lié à son histoire familiale ou son passé. Circé a hâte d'en finir. Elle pressent une consultation éprouvante. Elle introduit la visiteuse dans son cabinet. Pour purifier les lieux, elle brûle de l'encens et verse de l'eau bénite. Sur la table de bois sculptée, la médium étale les cartes de tarot divinatoire et se concentre. Immédiatement, un grand froid l'envahit. Une effroyable odeur de pourriture emplit ses narines.

— Dans votre famille, quelqu'un pratique la magie noire, n'est-ce pas ?

— Mon fils Fabrice est passionné par les sciences occultes. C'est justement à propos de lui que je suis venue vous consulter.

— La personne à laquelle je pense est décédée depuis longtemps.

— Alors, il s'agit sans aucun doute de ma grand-mère Hildegarde. Elle pratiquait la sorcellerie, mais comme je vous le disais, je viens pour Fabrice.

— Justement, les deux sont liés, votre grand-mère et votre fils. Il est malade, non ? Troubles psychiques, c'est bien ça ?

— En effet, il est schizophrène. Mais quel est le rapport avec ma grand-mère ? J'avoue ne pas comprendre. Elle est morte avant sa naissance.

Circé, de plus en plus oppressée, est très pâle. Un esprit malfaisant, le mal à l'état primaire, un esprit venu du fond des âges rôde autour de cet homme, Fabrice. Mais pourquoi Lili-Rose, la fille d'Ambre, est-elle dans ses visions ? Soudain, ses yeux se révulsent. Elle suffoque et porte les mains à sa gorge. On l'étrangle. Elle perd connaissance devant Hildegarde, ébahie. La mère de Fabrice regarde la voyante inanimée dont la tête repose au milieu des cartes éparses sur la table.

— Madame ? Madame ?

Elle lui tapote doucement les joues, sans résultat. Finalement, elle lui asperge le visage avec de l'eau. Circé reprend peu à peu ses esprits. Elle interroge d'une voix molle :

— Que s'est-il passé ?

— Eh bien, c'est allé si vite… Vous vous êtes évanouie. J'ai eu très peur. Je vous ai versé un peu d'eau sur le visage.

— De l'eau bénite ! Dieu merci, vous avez eu raison ! Éloignons-nous de ce démon ! Sortons vite !

— Mais mon fils ?

La femme rousse pousse la femme grise hors du cabinet et referme la porte à clef.

— Votre fils, priez, priez pour lui ! Allez à l'église et brûlez des cierges !

— C'est si grave que ça ? Mais vous ne pouvez m'en dire plus, je vous en prie ?

— Il est possédé par l'esprit de votre grand-mère.

— Non ! Cette vieille folle l'a maudit !

— Oui, il est maudit ! Partez maintenant, Madame, s'il vous plaît. Je suis épuisée. Je dois me reposer et surtout ne revenez plus ! Plus jamais ! Je ne veux plus jamais vous revoir !

Hildegarde n'a pas le temps de protester. Circé la raccompagne sur le seuil sans ménagement. Elle tire le verrou et s'effondre sur le divan. « *Je dois annuler toutes mes consultations jusqu'à nouvel ordre* », pense-t-elle, vidée.

Sur le chemin du retour, Hildegarde est partagée entre la colère, l'inquiétude et l'effroi. Cette prétendue voyante l'a jetée dehors comme une malpropre. Cette Circé n'est qu'un charlatan, une mystificatrice. « *Quelle mise en scène théâtrale ! Et tout cela dans le seul but de m'effrayer ! Mais pourquoi ? Elle ne m'a même pas réclamé le prix de sa consultation, pressée de se débarrasser de moi. Quel est donc son intérêt dans tout ça ! Je ne vais pas lui faire de pub et l'amie qui me l'a recommandée va avoir de mes nouvelles !* » pense-t-elle, dépitée. Et si cette médium disait la vérité, si Fabrice était réellement maudit ? Elle se souvient de la prédiction de sa grand-mère : « *Tu donneras naissance à un fils unique promis à un destin exceptionnel, un fils doté de pouvoirs fabuleux, capable de correspondre avec les esprits de l'au-delà.* » Fabrice entend des voix, un des symptômes de sa schizophrénie, mais aucune sorcellerie dans ce phénomène ; quoique… Elle revoit la vieille Hildegarde entourée de ses précieux grimoires, concoctant ses potions, prononçant des incantations. Elle se souvient de Ronron, son chat gris mystérieusement disparu, et plus tard son chien Toby évaporé dans la nature. Grand-Maman détestait les animaux. Elle n'avait guère plus d'affection pour les humains. Seule sa petite-fille trouvait grâce à ses yeux, et encore, certains jours, mieux valait se tenir à distance de cet étrange personnage. Elle rentrait dans des colères noires. Son regard bleu virait au gris acier. Il prenait un éclat métallique à faire froid dans le dos. Pendant ses crises, Fabrice avait ce même regard. Il fallait se rendre à l'évidence. Sa grand-mère était une sorcière capable du pire. Elle l'avait ensorcelé. Fabrice était maudit, bien avant sa conception.

Circé compose le numéro d'Ambre. Elle tombe sur sa messagerie. Après plusieurs tentatives infructueuses, elle décide de se rendre à Parentis. Inquiète, elle roule vite. La villa Malichecq est déserte. Avec insistance, elle sonne à la porte, sans succès. Elle griffonne un mot à la hâte : « *Ambre, c'est Circé, rappelle-moi au plus vite, s'il te plaît ! C'est à propos de Lili-Rose ! Voici mon numéro.* » Elle glisse le message dans la boîte aux lettres et repart avec un mauvais pressentiment.

Guilhem rentre chez lui, épuisé. Il est tard. La nuit tombe. Il vient de passer la journée à l'hôpital, au chevet de sa femme, en réanimation. Ses jours ne sont plus en danger. Lili-Rose a été enlevée pour la seconde fois par ce cinglé. Que va-t-il advenir de sa fille, sans soins médicaux aux mains de ce déséquilibré ? Il aperçoit la voisine. Elle se dirige dans sa direction. C'est une dame intrusive et curieuse, toujours à l'affût du moindre potin. Il ne se sent pas d'humeur à lui faire la conversation. Il presse le pas. Elle l'apostrophe :

— Monsieur Latour, attendez ! J'ai vu une femme bizarre. Elle rôdait autour de chez vous aujourd'hui. Une rousse avec un grand jupon, une bohémienne sans doute. Elle a sonné plusieurs fois à votre porte. Elle a même eu le toupet de faire le tour du jardin. Elle a glissé un mot dans votre boîte aux lettres avant de s'enfuir comme une voleuse. Je n'ai même pas eu le temps de lui demander ce qu'elle voulait ! Ces gens-là sont d'un « sans-gêne ». Méfiez-vous ! Il y a eu plusieurs cambriolages dans le voisinage.

— Les bohémiens ne sont pas tous des voleurs ! Il faudrait arrêter avec les clichés et autres idées reçues !

Que signifie ce mot ? Qui est donc cette Circé ? Il croyait pourtant connaître toutes les amies de sa femme… Et que sait-elle à propos de Lili-Rose ? Guilhem s'empresse de téléphoner à cette mystérieuse inconnue.

— Vous êtes bien Circé ?

— Oui, c'est moi. Si vous voulez un rendez-vous, je ne suis pas disponible en ce moment.

— Je suis le mari d'Ambre, Guilhem Latour. Vous avez laissé un mot dans notre boîte aux lettres.

— Bonjour, j'aurais souhaité m'entretenir avec Ambre en personne.

— Je crains que ce soit impossible. Elle a été victime d'un grave accident de la circulation. Elle vient tout juste de quitter les soins intensifs.

— Oh mon Dieu ! Comment va-t-elle ?

— Ses jours ne sont plus en danger. Avez-vous des nouvelles de ma fille ? Savez-vous où elle se trouve ?

— Lili-Rose n'est plus à l'hôpital ?

— Vous ignorez donc pour son kidnapping ? Je comptais sur vous pour m'aider à la retrouver… D'après votre mot… répond-il, déçu.

— Fabrice Charpentier, ça vous parle ?

— C'est lui le kidnappeur ! Mais comment êtes-vous au courant ? Seule la police…

— Je suis médium.

Le portable de Guilhem sonne. Le numéro de Vénusia s'affiche. *« Ce ne peut être une coïncidence ! »*

— Connaissez-vous Vénusia, la cousine d'Ambre ? Elle est médium aussi. Elle a retrouvé ma fille lors de son premier enlèvement. Il s'agissait du même déséquilibré !

— J'en ai entendu parler, bien sûr. Sa réputation n'est plus à faire.

— Retrouvons-nous tous les trois chez moi d'ici une heure ! C'est possible ?

— Très bien. À bientôt, Monsieur Latour.

— Appelez-moi Guilhem ! Je préviens Vénusia. À tout à l'heure !

Guilhem sert un café à Vénusia. La sonnette de la porte d'entrée retentit. Il s'empresse d'aller accueillir Circé. Cette dernière pénètre dans le salon. La cousine d'Ambre blêmit. Sa tasse lui échappe des mains.

— Vous avez été récemment en contact avec un esprit malfaisant, n'est-ce pas ?

— En effet, c'est le moins que l'on puisse dire ! J'ai failli y laisser la vie… Et cela concerne Lili-Rose.

— Racontez-nous ! Je vous en prie.

— Eh bien, une certaine Hildegarde Charpentier est venue consulter à mon cabinet cet après-midi…

À ces mots, Guilhem et Vénusia échangent un regard surpris. La prêtresse l'interrompt :

— Vous avez bien dit Hildegarde ? Ce ne peut être une coïncidence, Guilhem !

— Tout à fait. Elle se prénomme Hildegarde comme sa grand-mère, une sorcière, l'arrière-grand-mère de Fabrice Charpentier, le schizophrène qui détient Lili-Rose. Quand la petite est apparue dans mes visions, un esprit d'une noirceur et d'une puissance inouïes m'a littéralement étouffée à tel point que j'ai perdu connaissance de longues minutes. Fabrice est possédé par cet esprit malin. J'en ai la certitude.

— Merci, Circé. Autrefois, au Moyen Âge, l'ancêtre d'Ambre, Rosa, était dotée d'immenses pouvoirs bienfaisants. Elle appartenait à la lignée de la Rose. Elle portait autour du cou le Pentacle de Vénus, un bijou ancestral transmis de génération en génération. Ambre le détient aujourd'hui. Guilhem est le descendant de Charles De Latour, un chevalier templier, ami et protecteur de la Lignée de la Rose. À cette même époque, une sorcière de la pire espèce, Hildegarde, cherchait par tous les moyens à nuire à Rosa et ses proches. Son objectif : s'approprier les dons de la jeune fille. Toute cette histoire est consignée dans un ancien grimoire, *Le Pentacle de Vénus.* Ce précieux manuscrit appartient à la famille Latour. Guilhem, va le chercher, je te prie !

Le père de Lili-Rose se dirige vers la chambre où se trouve la malle aux vestiges, celle de la dague et du grimoire, là où tout a commencé… Il revient quelques instants plus tard, l'antique livre entre les mains. Vénusia reprend :

— Je ne crois pas aux hasards. La mère de Fabrice, sa grand-mère, une sorcière s'appellent Hildegarde. Cet homme s'attaque pour la seconde fois à Lili-Rose… Nous devons étudier attentivement ce grimoire. La solution se trouve peut-être entre ces pages.

Dubitatif, Guilhem rétorque :

— Et si ce n'était qu'une coïncidence… Ce n'est pas un prénom très répandu, je le concède, mais de là à en tirer des conclusions hâtives… De toute façon, je n'ai jamais cru à la magie, contrairement à ma femme. Elle en a d'ailleurs payé le prix. Tu sais de quoi je parle, Vénusia. Quant au *Pentacle de Vénus,* si j'avais su, je n'aurais jamais extirpé ce vieux bouquin de la poussière du manoir familial. Ce n'est qu'un fatras de légendes et autres superstitions.

— Je ne peux te laisser parler de la sorte, Guilhem, toi dont l'ancêtre était le protecteur de la Lignée de la Rose. Tu as bien connu Madeleine, la grand-mère d'Ambre, et n'as jamais mis en doute ses pouvoirs de guérisseuse. Pourquoi un tel revirement ? Grâce à mon don, j'ai retrouvé ta fille en pleine forêt alors que la police était impuissante !

— Madeleine était une guérisseuse hors pair, mais connaître les plantes et manier les énergies positives, je ne considère pas ceci comme de la magie, juste un don de Dieu.

Et pour tes talents de médium, je pense que tu as une intuition plus développée que la normale. Les pouvoirs de l'esprit sont infinis et souvent sous-exploités. Excusez-moi, Mesdames, mais j'ai eu une journée éprouvante. Je vais donc me retirer dans ma chambre. Si vous voulez perdre votre temps à chercher une hypothétique solution dans ce manuscrit, je vous souhaite bien du plaisir. Il est rédigé en vieux français et l'encre est à moitié effacée. La cafetière est à votre disposition dans la cuisine.

Sur ces mots, Guilhem s'éclipse, laissant les deux médiums en tête-à-tête.

Chapitre XII

C'est une belle demeure, une maison de caractère inhabitée depuis fort longtemps. Elle trône au milieu d'un parc envahi par les mauvaises herbes. Personne n'ose s'aventurer en ces lieux isolés. Elle serait hantée par l'esprit d'une sorcière. Fabrice descend de voiture pour ouvrir le large portail de ferronnerie. Le grincement réveille Lili-Rose. Elle réprime un frisson devant l'aspect inquiétant du paysage à la nuit tombante. Le véhicule s'avance dans la propriété sous les chênes centenaires.

— Où sommes-nous, Fabrice ?

— Cette maison appartenait à mon arrière-grand-mère. Lorsque j'étais petit, j'y venais en vacances avec mes parents. N'aie crainte ! Nous serons en sécurité ici, et je vais bien m'occuper de toi.

— Mais…

Elle n'a pas le temps d'achever sa phrase. Il est déjà parti refermer le lourd portail. Auparavant, il a pris soin de dissimuler le véhicule dans la grange.

— Regarde ! J'ai trouvé de beaux cèpes pour notre repas. Elle est pas belle la vie !

— Mais Fabrice, je suis très malade…

— Et alors, tu ne peux pas manger de cèpes ?

— Mais si, bien sûr ! J'adore les cèpes, la question n'est pas là. J'ai besoin de soins. Je ne peux rester ici avec toi. Tu dois me ramener à l'hôpital, Fabrice ! Je t'en supplie ! Je ne porterai pas plainte, mais ramène-moi, s'il te plaît !

— Tu ne vas pas recommencer avec ça ! C'est une idée fixe ! Retourner à l'hôpital ! N'importe quoi ! Tu n'as que ces mots à la bouche ! Tout le trajet, j'ai dû supporter ce refrain. Ne m'oblige pas à m'énerver ! Tu m'as bien compris, Lili-Rose ? Attends-moi là ! Je reviens.

La clef de la bâtisse est toujours dans sa cachette sous la pierre gravée d'un pentacle inversé. Dans les bras de Fabrice, Lili-Rose franchit le seuil. L'odeur de poussière et de renfermé l'agresse. Il l'installe sur un fauteuil, puis éclaire la pièce avec son briquet. Un chandelier repose sur un buffet rustique.

— Et voilà pour la lumière !

— Quoi ? Il n'y a pas d'électricité !

— Elle est coupée depuis des années, ma belle, tout comme l'eau et le gaz, mais ne t'inquiète pas ! Nous dînerons aux chandelles, c'est plus romantique. La cuisinière fonctionne au bois. Pour le chauffage, nous utiliserons les cheminées. Il y a un puits à l'extérieur pour l'eau. Tu vois, j'ai tout prévu.

Lili-Rose est seule dans le salon. Fabrice est allé chercher du bois. Il a déposé une couverture sur ses genoux avant de sortir. L'étoffe de laine épaisse sent le moisi. Le mobilier, gris de poussière, est couvert de toiles d'araignée. Elle réprime un frisson de dégoût et éternue à plusieurs reprises. Quel contraste avec l'univers aseptisé de l'hôpital ! Elle se sent si lasse…

Fabrice s'est installé dans la chambre de son arrière-grand-mère. Il se sent bien ici. La pièce est adjacente au laboratoire de sorcellerie. Plongé dans de vieux grimoires, il s'y enferme des heures durant. Il ignorait l'intérêt de son ancêtre pour les sciences occultes. Lili-Rose occupe une chambre dans l'aile opposée. Alitée la plupart du temps, elle dépérit au fil des jours. Il s'efforce de lui faire avaler quelque nourriture, mais la tâche s'avère laborieuse. Les provisions ne manquent pourtant pas ici. Il a trouvé à la cave, outre de bonnes bouteilles, un important stock de bocaux de conserves. Confit, foie gras, pâté, rillettes et légumes débordent des étagères.

Les voix le harcèlent de nouveau. Il n'a plus aucun traitement. L'une, impérieuse, domine toutes les autres. Elle souhaite la mort de la jeune fille et lui suggère des actes horribles. Il lutte, mais elle va le rendre fou. Pour lui échapper, il se cogne la tête contre les murs. Cependant, il trouve encore assez de force pour nourrir Lili-Rose, alimenter la cheminée dans sa chambre et lui porter l'eau nécessaire à sa toilette. Combien de temps résistera-t-il ainsi aux injonctions de la vieille Hildegarde ? Son esprit diabolique hante cette maison maudite.

— Bonjour, Lili-Rose. J'ai trouvé de la garbure à la cave. Je t'en ai porté une assiette bien chaude et aussi des pêches au sirop.

— Je n'ai pas faim.

— Fais-moi plaisir ! Mange au moins les pêches ! Tu es si pâle.

— Je suis malade, Fabrice. J'ai besoin de médicaments. Je souffre le martyre. Même avaler m'est douloureux. Comment veux-tu que je m'alimente dans de telles conditions ? Je me morfonds toute la journée seule dans cette sinistre chambre pleine de courants d'air malgré la cheminée, sans télé, sans ordinateur… Je n'en peux plus.

— Cesse de te plaindre ! Pour moi non plus, ce n'est pas facile ! Sans mon traitement, des voix s'invitent dans ma tête. Il vaut mieux que je te laisse…

Fabrice quitte la chambre, son crâne entre les mains. Il a laissé le plateau-repas, une cuvette d'eau et du linge de toilette sur la table de chevet.

Non loin de là, dans un hameau, le vieux docteur Lartigue coule des jours paisibles entre la pêche à la ligne et la cueillette des champignons. Retraité depuis quelques années, le veuf vit entouré de trois chats et deux chiens. Sa femme a quitté ce monde sans lui assurer de descendance. Antoinette souffrait d'une anomalie congénitale. Elle n'a jamais pu mener aucune grossesse à terme. Rien, ni la médecine, ni la sorcière qu'elle avait consultée dans son dos, n'avait pu résoudre le drame de leur vie. Lui s'était absorbé dans le travail, un médecin de campagne toujours disponible, de jour comme de nuit. Elle avait sombré dans la dépression jusqu'à cette soirée fatale. Il s'était attardé au cabinet, penché sur quelques dossiers. Rentrant chez lui aux environs de 23 heures, il l'avait trouvée baignant dans son sang. Elle s'était ouvert les veines. Depuis, il vivait avec le poids de la culpabilité...

Monsieur Lartigue fait monter Kim et Sultan à l'arrière du Land Rover fatigué. Les chiens remuent joyeusement la queue. Le labrador noir et le berger allemand, ses fidèles compagnons, sont heureux de partir en balade. Il a pris un panier en osier pour les cèpes. Il connaît un coin tranquille, une ancienne propriété abandonnée plantée d'immenses chênes. Les précieux champignons se plaisent au pied de ces arbres centenaires. Au volant du véhicule, il se souvient de ses débuts en tant que médecin de campagne. Antoinette venait de faire sa deuxième fausse couche. Il avait été obligé de la laisser seule pour aller recoudre un petit garçon. Ce dernier s'était blessé au front en tombant sur une grosse pierre. C'était un « pitchoun » de la ville en villégiature avec ses parents dans cette propriété jadis magnifique. Fabrice s'était montré courageux et le docteur, ému, lui avait donné un bonbon. Il se demandait tristement s'il connaîtrait un jour le bonheur d'être père. Il avait aussi dû s'occuper de la mère. Elle s'était évanouie à la vue de l'aiguille dans la chair de son enfant. C'était une jolie femme avec de magnifiques yeux bleus. Son fils avait les mêmes. Le père lui avait déplu au plus haut point. Un homme froid et insensible, agacé par l'incident. Il reprochait sans cesse au gamin sa maladresse. Il avait même réprimandé sa femme pour son malaise. Le docteur avait failli perdre ses nerfs devant cet ingrat incapable d'apprécier le fait d'avoir une famille. Au cours de l'été, il était souvent revenu pour surveiller la cicatrisation et changer les pansements. Il s'était pris d'affection pour Fabrice et Hildegarde. Le petit l'avait surnommé « Docteur Bonbon » tant il en distribuait à chacune de ses visites.

Ses chiens sur les talons, le vieux médecin pénètre dans le parc à l'abandon. Il ne tarde pas à remplir son panier de cèpes. Il salive déjà à l'idée de l'omelette quand, soudain, il aperçoit un homme, les bras chargés de bûches. L'inconnu se dirige vers lui, mécontent. Une vilaine cicatrice lui barre le front au-dessus d'un regard bleu limpide.

— Fabrice, c'est toi ? Mais oui, c'est bien toi ! Je reconnaîtrais cette cicatrice entre mille.

— Qui êtes-vous donc ? Comment osez-vous pénétrer chez moi et me voler mes cèpes ?

— Tu ne te souviens pas de moi, Fabrice ? « Docteur Bonbon », c'est moi qui t'ai recousu lorsque tu étais petit.

— Ma mère m'a raconté cette histoire des centaines de fois. J'étais si jeune. J'avoue ne pas me rappeler. C'est donc vous le fameux « Docteur Bonbon » !

— Eh oui, c'est bien moi. Comme je suis heureux de te revoir, mon garçon. Ainsi donc, tu reviens sur les lieux de ton enfance.

— Oui, c'est une longue histoire. Vous êtes médecin, c'est la providence qui vous envoie. J'ai besoin de vos compétences, Docteur.

— Je suis à la retraite, maintenant. Tu ne me sembles pas malade, pourtant.

— Il ne s'agit pas de moi, mais de ma petite amie. Entrez, Docteur !

— Mais je n'ai même pas ma sacoche pour l'ausculter…

— Venez, suivez-moi ! Vous devez me promettre de ne parler de nous à quiconque. Je compte sur votre discrétion. Puis-je avoir confiance en vous ?

— Je n'ai qu'une parole, Fabrice.

Les deux hommes pénètrent dans la chambre de Lili-Rose. La jeune fille amaigrie est brûlante de fièvre. Elle délire. Le médecin trempe une serviette de toilette dans une cuvette d'eau et rafraîchit doucement le visage et le corps de la malade.

— Je n'ai aucun médicament, Docteur, pas même du paracétamol pour la soulager. Elle refuse de s'alimenter. Sa gorge la brûle, et depuis ce matin, elle tient des propos incohérents.

— Mais enfin, Fabrice, cette jeune fille devrait se trouver à l'hôpital ! C'est une honte de la garder ici sans soins ! Vas-tu m'expliquer à la fin ce qu'il se passe ?

À contrecœur, l'homme s'exécute et explique tout au médecin ahuri.

— Tu es complètement fou ! Mais elle va mourir. Nous devons immédiatement appeler le SAMU.

— Non, Docteur, je ne peux pas. Je ne veux pas aller en prison pour un crime que je n'ai pas commis. Je n'ai pas tué son ami roumain.

Le médecin sort son téléphone portable, mais Fabrice l'attrape et le jette contre le mur.

— Vous ne comprenez pas. Ils vont m'enfermer dans un asile et je ne reverrai jamais Lili-Rose. Je suis schizophrène.

Après une longue conversation, comprenant que Fabrice ne capitulera pas, le docteur Lartigue décide de parer au plus pressé. Il se dépêche de retourner chez lui afin de chercher des médicaments. Muni de sa sacoche, de morphine et autres analgésiques ainsi que d'antipsychotiques et cachets contre l'épilepsie, il est de retour dans la chambre de la malade.

— Je vais lui injecter de la morphine. Ça calmera la douleur. Elle est très déshydratée et affaiblie à cause de la fièvre. Je dois la perfuser. Je vais également lui faire une piqûre pour sa température. J'ai trouvé de l'abilify et des antiépileptiques pour toi. Tu connais la posologie ?

— Merci, Docteur.

— Nous allons procéder à un grand ménage dans la chambre voisine et y transporter ton amie. L'idéal serait de la maintenir dans une pièce stérile. Ne perdons pas de temps, Fabrice !

— Elle va s'en sortir, Docteur ?

— Seul l'avenir nous le dira…

Monsieur Lartigue s'est installé à la propriété avec ses fidèles compagnons à quatre pattes. En effet, c'est plus commode pour soigner Lili-Rose. Cette dernière recouvre peu à peu quelques forces. Cependant, le médecin ne cache pas son inquiétude. Alors que les deux hommes prennent un repas dans la vaste cuisine, le praticien tente d'alerter Fabrice sur l'état de santé de la jeune fille :

— Tu sais, ce n'est pas parce que la fièvre est tombée et qu'elle recommence à s'alimenter qu'elle est hors de danger. Je te mentirais si je te disais le contraire. Sa maladie est très préoccupante et, je te le répète encore une fois, sa place est à l'hôpital. Mais, tu ne m'écoutes pas Fabrice ? Où as-tu encore la tête ?

— C'est toujours cette voix, Docteur ! Elle me persécute malgré les médicaments. Elle ne me laisse aucun répit. Je crains de faire du mal à Lili-Rose. La voix m'ordonne sans cesse de m'en prendre à elle.

— Je ne suis pas psychiatre… Vous seriez mieux à l'hôpital tous les deux. On vous soignerait. Rester ici, c'est de la folie ! Malgré toute l'affection que je te porte, Fabrice, on ne peut plus continuer ainsi… Tu dois te montrer raisonnable et m'écouter.

— Je n'ai pas besoin de psychiatre et encore moins d'aller à l'hôpital ! Je ne suis pas fou ! Je suis possédé. C'est l'esprit de mon arrière-grand-mère, la sorcière, j'en suis certain, c'est lui qui me persécute. C'est d'un exorciste dont j'ai besoin.

— Je connais une femme à Amou. Elle pourrait t'aider. Mon épouse l'avait consultée pour ses problèmes. Je veux bien la faire venir, mais tu dois me promettre qu'ensuite, tu me laisseras faire hospitaliser Lili-Rose.

— Mais c'est du chantage ! Vous savez que je n'ai pas le choix. Cette voix me fait vivre le martyre. Si cette femme n'est pas un charlatan et si elle me débarrasse de ce mauvais esprit, alors je vous promets que je laisserai partir Lili.

Chapitre XIII

Monsieur Lartigue gare son Land Rover devant la maison de garluche aux poutres apparentes. Il est un peu gêné. Des années qu'il n'a pas remis les pieds à Amou… La dernière fois, il accompagnait Antoinette. À l'évocation de sa femme, ses yeux s'embrument de larmes. La médium était devenue au fil du temps une amie précieuse pour son épouse. Il n'a pas prévenu Circé de sa visite. Comment va-t-elle l'accueillir ? Depuis le suicide d'Antoinette, il a coupé les ponts. Revoir ses amies, l'évoquer en public, c'était trop douloureux pour lui… La blessure est toujours à vif. Une minute, il songe à rebrousser chemin. Mais il doit prendre sur lui pour Fabrice et Lili-Rose. Il descend de voiture et se dirige vers la porte d'entrée.

— Docteur Lartigue ! Comment allez-vous ? Ça fait tellement longtemps… Comme je suis heureuse de vous revoir.

— Bonjour, Circé. Je suis désolé, je n'ai jamais trouvé la force de vous recontacter…

— Je comprends, mais qu'est-ce qui vous amène ?

— Eh bien, c'est un peu compliqué…

— Entrez et asseyez-vous ! Vous m'expliquerez tout cela devant une bonne tasse de café.

Quelques minutes plus tard, Circé dépose un plateau contenant deux tasses fumantes sur la table basse. Alors qu'elle s'installe à côté de monsieur Lartigue, sa physionomie change. Elle blêmit.

— Circé, vous ne vous sentez pas bien ?

— Fabrice, Hildegarde, Lili-Rose ! Vous êtes en contact avec eux ?

— C'était justement le but de ma visite, mais il y a un problème ?

— Fabrice Charpentier est possédé par l'esprit de son arrière-grand-mère, une entité malfaisante très puissante. Lili-Rose est en danger. Il faut la sauver. Ses parents sont des amis. Je dois les prévenir. Dites-moi tout, Docteur !

Monsieur Lartigue raconte à la voyante dans quelles conditions il a croisé le chemin de Fabrice et Lili-Rose. Il n'omet aucun détail, tant sur le plan médical que personnel. Il lui explique toute l'affection qu'il porte à l'homme psychiquement perturbé. Circé parle alors de son amie Madeleine et de sa petite-fille Ambre. Elle narre la rencontre au cimetière, ses visions, le désenvoûtement à l'hôpital, sa séance éprouvante avec Hildegarde, la mère de Fabrice. Pour conclure, elle évoque son entrevue avec Guilhem et Vénusia. Tous deux décident de prévenir le mari et la cousine d'Ambre. Ces derniers ne tardent pas à les rejoindre. Après un long conciliabule, le docteur, Circé, Vénusia et Guilhem prennent ensemble la route pour rejoindre la maison de l'arrière-grand-mère de Fabrice.

Un peu plus tard, dans la propriété d'Hildegarde :

— Fabrice, mon garçon, je suis accompagné de la médium dont je t'ai parlé, Circé, et de Vénusia, une exorciseuse.

— Merci, Docteur, mais qui est cet homme ?

— Je te présente Guilhem, un médecin de renom, spécialiste des maladies auto-immunes. C'est un de mes amis et tu peux compter sur sa discrétion. Il va examiner Lili-Rose. Son état, je l'avoue, dépasse mes modestes compétences. Je l'accompagne jusqu'à sa chambre. Je te laisse avec ces dames. Tu es entre de bonnes mains, Fabrice.

Monsieur Lartigue guide le père de famille jusqu'à la porte de sa fille. Ému, Guilhem prend une grande inspiration avant de franchir le seuil.

— Papa !

— Ma chérie ! Ne t'inquiète pas ! Je vais te sortir de là.

Il l'étreint dans ses bras tandis que deux grosses larmes roulent sur ses joues.

— Maman n'est pas avec toi ?

— Ta mère a eu un accident de voiture, mais ne t'en fais pas ! Elle est hors de danger maintenant. Ils la gardent quelque temps à l'hôpital. Vénusia est ici avec ton kidnappeur. Nous avons un plan. Le docteur Lartigue nous aide. Tout se passera bien.

— Vous n'allez pas faire de mal à Fabrice ? Il n'est pas méchant, tu sais, papa ? Il est malade, mais il s'occupe bien de moi. C'est lui qui a trouvé le docteur pour me soigner.

— Repose-toi, ma chérie ! Tout se passera bien pour lui comme pour toi. Garde tes forces ! Tu vas en avoir besoin.

Dans la vaste salle à manger de la demeure, Circé et Vénusia invitent Fabrice à s'installer sur un fauteuil à larges accoudoirs. Les deux médiums immobilisent ses avant-bras à l'aide de cordes. Le cérémonial d'exorcisme peut commencer. Elles répandent au sol du gros sel pour purifier l'atmosphère de toute énergie négative. Ensuite, elles aspergent le possédé d'eau bénite. L'homme réagit violemment. Il se cabre sur le fauteuil et tente de se dégager des liens entravant ses poignets. Ses forces sont décuplées. Il profère des mots orduriers tandis que les femmes récitent des prières. Vénusia brandit un crucifix. Le visage de Fabrice se tord alors en une grimace hideuse. Il s'agite tellement sur son fauteuil qu'il chute au sol. Imperturbables, elles continuent leurs prières. L'esprit de Fabrice observe la scène de l'intérieur, muet. Il se sent impuissant, toute volonté anéantie. Il ne se reconnaît pas dans ce forcené aux traits déformés par la haine, vociférant des insanités. Hildegarde a pris le dessus. Son arrière-grand-mère a envahi son corps, annihilant toute humanité. Le but de la sorcière : détruire Lili-Rose.

Elle ne se laissera pas expulser. Elle est coriace. Soudain, le fauteuil se propulse dans les airs et balaie la pièce de long en large. Ahuri, le possédé regarde Hildegarde tentant de faire chanceler les médiums.

Dans la chambre de Lili-Rose :

— Papa, entends-tu ce raffut ? Que se passe-t-il ?

— Vénusia et une médium tentent d'exorciser Fabrice. Elles m'ont prévenu que cela pouvait être mouvementé. Je reviens, mon ange. Ne t'inquiète pas ! Tout ira bien.

Monsieur Lartigue et Guilhem se trouvent à présent dans le salon, au milieu d'une scène de panique. Le fauteuil supportant Fabrice, solidement harnaché, vole en tous sens. Les deux femmes semblent être la cible de cet objet volant pour le moins incongru. À chaque fois, elles esquivent le projectile, les frôlant dans un bruissement digne d'une attraction surréaliste. Devant le visage atrocement grimaçant de son protégé, le docteur ne cache pas son inquiétude. Il n'est pas sans savoir que l'homme est épileptique. Fabrice comprend alors qu'il doit se sacrifier pour sauver Lili-Rose. S'il meurt, il sera enfin libéré de l'esprit d'Hildegarde. Une violente crise d'épilepsie s'empare de lui. Le fauteuil tombe brusquement au sol. L'homme ligoté gît, inerte. Il vient de passer de vie à trépas, enfin libre du démon.

— Mon Dieu ! Nous l'avons tué ! s'écrit le médecin, bouleversé.

— C'est un accident, sans doute la meilleure chose qui pouvait lui arriver. L'esprit d'Hildegarde était trop puissant. Nous n'aurions jamais pu l'en débarrasser. Ce pauvre garçon était condamné à mener une vie de possédé, un véritable calvaire. Vous avez tous assisté à la scène. Il est maintenant délivré et peut reposer en paix, répond Vénusia, pragmatique.

— D'ailleurs, nous ne devons pas perdre de temps. Cet esprit malfaisant hante toujours ces lieux. Il faut tout brûler, y compris le corps de Fabrice, ajoute Circé.

— Mais vous n'y songez pas ! Ce malheureux mérite une sépulture décente ! Et sa mère ? Qui va lui expliquer ? s'inquiète le docteur.

— Circé a raison. Purifier par le feu, c'est la meilleure solution. Le temps presse. Personne ne doit savoir. Nous ne devons en parler à quiconque, et surtout pas à sa mère. D'ailleurs, on ne nous croirait pas. La scène qui s'est déroulée ici dépasse l'entendement. Il faut tout brûler et conduire Lili-Rose à l'hôpital rapidement. Guilhem, va chercher ta fille sans perdre un instant ! ordonne Vénusia.

— Mais… proteste monsieur Lartigue, aussitôt interrompu par la prêtresse.

— Pas d'apitoiements inutiles. On ne peut revenir en arrière. Dépêchons-nous !

La propriété est en flammes. La voiture s'éloigne avec à son bord Guilhem, les deux médiums, le médecin et Lili-Rose en état de choc. La jeune fille hurle, hystérique :

— Vous avez tué Fabrice ! Vous l'avez brûlé ! Meurtriers !

— Calme-toi, Lili ! C'était un accident. Il a succombé à une crise d'épilepsie. Vous confirmez, Docteur ?

Le médecin hoche tristement la tête. Vénusia reprend :

— Tu ne dois en parler à quiconque Lili, jamais ! Si on te pose des questions, tu feins une amnésie. Tu m'as bien comprise ?

L'adolescente pleure doucement tandis qu'ils se dirigent vers l'hôpital.

Chapitre XIV

Guilhem, Vénusia, Circé, le docteur Lartigue et Lili-Rose arrivent enfin à l'hôpital. La jeune fille est prise en charge rapidement. Son père se rend au chevet d'Ambre pour lui annoncer la bonne nouvelle. Cette dernière souffre de multiples fractures liées à l'accident de voiture, mais ses jours ne sont plus en danger. Malgré la minerve et le plâtre immobilisant sa jambe droite, elle insiste pour aller embrasser son enfant. Leurs retrouvailles sont émouvantes mais de courte durée. En effet, les médecins doivent procéder à une batterie de tests pour évaluer l'état de santé de Lili-Rose. Entre-temps, Circé et monsieur Lartigue se sont éclipsés.

Le lendemain, Ambre et Guilhem sont convoqués par le néphrologue. Il les reçoit dans son bureau à l'hôpital.

— Bonjour, Monsieur et Madame Latour. Asseyez-vous, je vous en prie. Je ne vous cache pas que l'état de votre fille est très préoccupant. Son rein droit ne fonctionne plus. L'autre est en piteux état. Nous devons procéder à une greffe le plus rapidement possible. Vous êtes susceptibles tous deux d'être des donneurs potentiels. Pour m'en assurer, je dois vous soumettre à diverses analyses médicales. Êtes-vous d'accord ?

— Bien entendu, Docteur ! Je donnerais ma vie pour ma fille, alors un rein… ! s'exclame Ambre.

— Ma chérie, est-ce bien raisonnable ? Tu es à peine remise de ton accident, intervient Guilhem.

— Sachez tous les deux que l'on vit très bien avec un seul rein. Ne perdons pas de temps ! Plus tôt nous aurons vos résultats, mieux ce sera pour Lili-Rose. Chaque minute compte.

Le spécialiste est au laboratoire. Perplexe, il vient de prendre connaissance des divers tests de compatibilité. Il n'a pas le loisir de s'appesantir. Le temps presse pour sa patiente.

Au même instant, Ambre et Guilhem patientent à la cafétéria en compagnie de Vénusia venue les soutenir dans cette épreuve. Une infirmière s'approche d'eux.

— Le docteur désire vous parler à propos de vos résultats.

— Puis-je les accompagner, s'il vous plaît ? Je suis de la famille, interroge Vénusia.

— Je n'y vois aucun inconvénient. Suivez-moi !

Lorsqu'ils pénètrent tous les trois dans le bureau du spécialiste, celui-ci affiche une mine préoccupée.

— Y a-t-il un problème, Docteur ?

— Madame, vous avez fait appel à la Procréation Pour Autrui. Pourquoi ne pas m'en avoir parlé plus tôt ? Vous nous avez fait perdre un temps précieux.

— Pardon ? Je ne comprends pas votre question.

— Vous et votre enfant n'avez pas le même ADN. Par contre, ça correspond avec son père. Vous auriez dû me le dire. Je ne suis pas là pour vous juger.

— Mais, Docteur, je n'y comprends rien. Lili-Rose est ma fille !

— Non, Ambre, fais un effort ! Souviens-toi, je t'en prie ! Lili-Rose est la fille d'Audrey, morte en couche. Elle te l'a confié dans son dernier souffle, intervient Vénusia.

— Mon Dieu ! Alors ma vie n'est qu'un songe ! J'ai imaginé tout ça… Le cauchemar, c'était donc réel !

Soudain, elle s'évanouit devant Guilhem, ahuri.

— Lili-Rose est la fille d'Audrey, ma fille ? Tu le savais, Vénusia ? Depuis le début, tu le savais !

— Écoutez, vous réglerez vos histoires de famille plus tard. L'urgence est d'opérer votre fille. Monsieur Latour, vous êtes le seul donneur compatible. Pouvez-vous me signer cette autorisation ? Ensuite, une infirmière vous accompagnera au bloc.

Tandis que le néphrologue opère la jeune patiente, Vénusia se tient au chevet d'Ambre. Cette dernière est allongée sur son lit d'hôpital, très pâle. Elle vient de reprendre ses esprits.

— Vénusia, tout est confus dans ma tête… Je croyais avoir voyagé dans le temps, j'étais persuadée de connaître mes ancêtres, Rosa et Arnaut. Ensemble, nous avions vaincu la sorcière Hildegarde. Ce n'était donc qu'une illusion. Je n'ai pas pu sauver ma meilleure amie, Audrey. Elle est morte, c'est bien ça ? Lili-Rose est donc sa fille ? Comment ai-je pu inventer tout cela ? Je suis folle !

— Calme-toi ! Tu n'es pas folle, juste malade. Tu souffres de schizophrénie. Te souviens-tu de ton séjour à Sainte-Anne ?

— Sainte-Anne ? L'hôpital psychiatrique ? Tu veux dire que l'on m'a internée…

— Tout à fait, et il y a eu un problème. À la suite d'un surdosage médicamenteux, tu es tombée dans le coma plusieurs semaines. Pendant ce temps, Lili-Rose a fugué. Elle est partie en Roumanie, à la recherche de son père. Nous étions tous là lorsque tu t'es enfin réveillée : Guilhem, Lili, Adrian et moi-même. Tu tenais des propos incohérents, persuadée d'avoir voyagé dans le temps. Tu souffrais d'amnésie. Tu avais complètement oublié la période durant laquelle Guilhem avait disparu. Tu prenais Adrian pour le correspondant de ta fille. Tu ne cessais de réclamer ton amie Audrey à ton chevet. Ton psychiatre, le docteur Larivière, nous a demandé de ne pas te brusquer et de te maintenir dans cette illusion. Il pensait qu'avec l'aide des médicaments, tout finirait par rentrer dans l'ordre. Le temps passait, mais tu restais dans ton délire. Nous avons dû te raconter qu'Audrey, Baptiste et leur fils Timéo (produit de ton imagination) étaient partis pour un tour du monde...

Ambre interrompt vivement sa cousine :

— La carte postale ! Regarde dans mon sac à main ! Audrey m'a envoyé une carte de Roumanie ! Ça, je ne l'ai pas inventé ! Elle est vivante !

— De Roumanie ? Comme par hasard, le pays où Guilhem a séjourné durant des années. Regarde cette carte de plus près ! Elle a été postée de Deva, la ville où il vivait durant tout ce temps, dans les Carpates. C'est un Tzigane du nom de Babik qui te l'a expédiée à la demande de son ami Guilhem. Le pauvre ne savait plus comment te calmer alors que Lili-Rose dépérissait à l'hôpital. Il a cru bien faire.

— Mais Lili-Rose est brune, exactement comme moi. Audrey était blonde comme les blés.

— Lili-Rose s'est teinte. Elle en avait assez de sa blondeur angélique. Voilà tout ! Vas-tu enfin te rendre à l'évidence, Ambre ? De toute façon, le docteur Larivière ne va pas tarder. Il t'expliquera l'origine de tes troubles beaucoup mieux que moi. Tu sais, cousine, la magie a ses limites, et les voyages dans le temps, à part au cinéma...

— Alors Audrey est vraiment morte. C'est affreux ! Je me souviens maintenant de cette horrible nuit où elle m'a confié son bébé, Lili-Rose. Je l'aime comme ma propre enfant, tu sais...

— Oui, au point que tu t'étais mis dans la tête qu'elle était la chair de ta chair. Repose-toi en attendant le psychiatre !

Ambre est seule. Le docteur Larivière vient de partir. Désormais, elle se souvient de tout. Ces années durant lesquelles elle élevait Lili-Rose sans la présence de Guilhem avaient été occultées par son inconscient. Elle se rappelle les ménages chez les personnes âgées, sa solitude, le caractère rebelle et difficile de Lili-Rose. Ces voix qu'elle entendait, pensant à tort posséder le don de sa grand-mère, n'étaient en fait qu'un des symptômes de sa schizophrénie. Insidieusement, la maladie s'était insinuée en elle, profitant de sa fragilité face aux événements. En effet, elle avait perdu tant d'êtres chers, Madeleine, sa sorcière bien-aimée, Bagheera, sa chatte, Audrey, sa meilleure amie, Baptiste et le père Mathieu, et pour finir Guilhem, exilé en Roumanie. C'en était trop pour elle. Elle avait basculé dans la folie. Elle s'était persuadée d'avoir voyagé dans le temps, remplaçant la réalité par une fable digne des romans de fantasy qu'elle vendait dans sa boutique. Maintenant qu'elle a retrouvé la mémoire, tout ceci lui semble grotesque. Jamais plus elle ne fera appel à la magie. Machinalement, elle tripote son médaillon en forme de pentacle. La pierre d'ambre en son centre étincelle de mille éclats. À cet instant, une infirmière pénètre dans la chambre :

— Madame, l'opération de votre fille s'est bien passée. Elle est en salle de réveil avec son père. Tout va très bien.

— Ma chérie, comment te sens-tu ?

— Maman ! Ça va beaucoup mieux. Je n'ai plus mal. Je souffrais tellement, mais maintenant, je me sens bien. Et toi, comment vas-tu ?

— Dans mon esprit, tout est beaucoup plus clair. J'ai retrouvé la mémoire.

— La mémoire, décidément, c'est un problème de famille, en ce moment ! Pauvre docteur Larivière ! Et papa ? C'est lui qui m'a donné son rein. Je ne le remercierai jamais assez. Comment va-t-il ?

— Bien, rassure-toi ! Tout s'est passé au mieux pour vous deux ; par contre, je ne l'ai pas encore vu. Repose-toi, ma chérie !

Ambre est à présent auprès de Guilhem.

— Mon amour, j'ai beaucoup de choses à te dire…

— Ne te fatigue pas ! Tu viens de subir une lourde intervention. Tu me feras tes confidences plus tard. Je t'aime quoi que tu dises, Guilhem.

— Non, je ne peux garder cela plus longtemps secret. Des mois que ces cachotteries me rongent. Lorsque je vivais en Roumanie chez les Tziganes Gabori, j'ai été victime d'un terrible accident de la route à la suite duquel je suis resté dans le coma dix-huit mois. À mon réveil, j'étais amnésique. Je t'avais oublié toi et tous les souvenirs de ma vie en France. Ostelinda, la matriarche du clan, m'a dit que j'étais fiancé à sa petite-fille Mariska. Je l'ai épousée et nous avons eu trois enfants : Dario, neuf ans, Nanosh, sept ans, et Levna, cinq ans. Ma famille me manque cruellement, Ambre, même si je t'aime. Lorsque Lili-Rose m'a retrouvé, la mémoire m'est revenue et j'ai tout abandonné pour toi. Depuis, je vis déchiré entre mes deux familles, mes deux patries. J'ai gardé le contact par l'intermédiaire de Babik, mon beau-frère, qui m'écrit et me téléphone régulièrement. Ostelinda est morte. Elle était très vieille. Dans son dernier souffle, elle a avoué avoir jeté un sort à notre fille. Elle ne supportait pas l'idée que je les quitte tous et voulait ainsi me punir.

— C'était donc elle ! Et moi qui soupçonnais Adrian !

— Il n'y était pour rien, au contraire. Lorsqu'il a trouvé ma dague dans la malle, il s'est blessé à la main et a eu une vision. Il a compris que Lili-Rose était en danger par la faute de cette sorcière d'Ostelinda. C'est pour cela que les jeunes ont pris la fuite cette nuit-là. Ensuite, il est retourné en Roumanie chercher son amie Mirela pour persuader Le l'arrière-grand-mère de ma femme d'annuler le sort.

— Le sort a été repoussé par Circé. Il est revenu sur cette Ostelinda, causant sa mort.

— Elle était très vieille, tu sais… Voilà, tu es au courant de tout maintenant, Ambre. Je suis désolé.

— Mais de quoi ? Tu n'y es pour rien. Repose-toi, mon amour. Tu viens de sauver la vie de Lili-Rose. C'est tout ce qui compte à mes yeux. Je t'aime.

Chapitre XV

Quelques mois plus tard, à l'aéroport de Deva, en Roumanie : Adrian s'avance, souriant, à la rencontre de la famille française venant de débarquer. Lili-Rose, radieuse, et ses parents se jettent dans les bras du jeune Roumain. Les retrouvailles sont joyeuses et animées. Quelques instants plus tard, ils chargent leurs bagages dans la voiture et prennent la direction du clan des Gabori dans la montagne. Guilhem est ému au milieu de ces Carpates qui lui ont tant manqué. Il a hâte de revoir ses enfants mais appréhende néanmoins la confrontation entre ses deux femmes. Ambre admire le paysage sauvage. Dans quelques heures, elle connaîtra la famille de celui qu'elle aime. Quel accueil va-t-on lui réserver ? Elle ne laisse rien transparaître de sa nervosité et affiche un sourire de façade.

Au clan, Mariska s'affaire. Une grande table est dressée et le niglo mijote dans le chaudron. Elle veut que tout soit parfait en ce jour si spécial. Ses enfants sont excités et ne tiennent pas en place. Soudain, la voiture apparaît sur la route. Son cœur tressaille. Les trois bambins courent au-devant des nouveaux arrivants.

— Papa ! Papa !

— Dario ! Nanosh ! Levna ! Comme vous avez grandi ! Que vous êtes beaux ! Si vous saviez comme vous m'avez manqué ! s'exclame Guilhem dans le dialecte gabori en les embrassant tendrement.

Mariska, restée en retrait, observe la scène, le cœur serré. La femme accompagnant Guilhem est séduisante. Se sentant ridicule avec son tablier et son foulard, elle n'ose s'approcher de cette Française vêtue d'un jean et d'un T-shirt moulant. Babik s'élance vers son beau-frère et l'étreint affectueusement.

— Tu m'as manqué, mon frère !

— Toi aussi, tu sais ! Vous m'avez tous manqué ! Approche, Mariska !

Timidement, la Tzigane se joint à eux.

— Ambre, je te présente Mariska, la mère de mes enfants.

Surmontant sa gêne, la Française embrasse la Tzigane sur les deux joues.

— J'ai des cadeaux pour tout le monde, des jouets pour les enfants, des cigares et du vin pour toi Babik, et des jeans et des T-shirts pour Mariska.

— Vous devez être affamés après un si long voyage. J'ai préparé du niglo. Les cadeaux peuvent attendre. Passons à table ! déclare Mariska, à l'aise dans son rôle de maîtresse du clan.

Tous font honneur au plat préparé par la Tzigane.

— Cela fait si longtemps que je n'ai pas mangé de niglo. Il est très bien cuisiné, Mariska.

— En effet, c'est délicieux, mais qu'est-ce au juste ? interroge Ambre.

— Le niglo est un plat traditionnel tzigane à base de hérisson bouilli.

— Eh bien, ma grand-mère concoctait des mixtures avec des serpents et des crapauds, mais du hérisson, j'avoue, c'est une première pour moi !

Adrian prend alors la parole d'un ton solennel :

— Je voudrais profiter de ce moment ensemble pour vous annoncer une grande nouvelle. J'ai décidé de poursuivre mes études à la faculté de Talence, à Bordeaux, grâce au dispositif Erasmus. En effet, je ne peux supporter de vivre plus longtemps loin de Lili-Rose que j'aime.

— Oh Adrian ! Tu ne pouvais me faire une plus grande joie ! s'écrie la jeune fille, émue.

— Eh bien, vous m'en voyez ravi, les jeunes. Il est en effet cruel d'être séparé de ceux qui nous sont chers. J'en sais quelque chose. Mariska, mes enfants me manquent. J'ai donc une proposition à te faire. Serais-tu d'accord pour me les confier de temps en temps ?

— Les enfants, qu'en dites-vous ? Ça vous dirait d'aller passer des vacances en France, chez papa ?

— Oh oui ! répondent les trois bambins en chœur.

— Alors, ça me convient, Guilhem.

— Maman, tu viendras avec nous ? ajoute de sa petite voix Levna.

— Non, ma chérie, ton père vit avec Ambre, maintenant. Ma place n'est pas à leurs côtés. Mais peut-être que ton oncle Babik serait d'accord pour vous accompagner. Vous êtes bien jeunes tous les trois, et c'est un si long voyage…

— Mais avec grand plaisir ! J'aimerais tellement connaître ton pays, vieux frère !

— C'est formidable ! Merci, Mariska et Babik. Ils pourraient venir trois à quatre fois par an. Mes parents seront ravis de connaître enfin leurs petits-enfants.

Épilogue

Les cloches carillonnent joyeusement. Sur le parvis de l'église de Parentis, Lili-Rose et Adrian, tous justes mariés, sont superbes et rayonnants. La jeune femme porte une robe romantique en organza ivoire brodée de perles. Elle affiche un sourire radieux au bras de son époux magnifique dans un costume taillé sur mesure. Tous deux ont beaucoup de prestance. Mariska, Babik et les trois enfants de Guilhem ont fait le déplacement depuis la Roumanie pour assister à cet évènement. Monsieur et madame Latour ne sont pas peu fiers d'assister au mariage de leur petite-fille. Il en est de même pour Édouard et Sophie, qui sont descendus de Paris pour l'occasion. Vénusia se tient aux côtés des parents de la mariée, l'air satisfaite. Tous sourient en lançant des grains de riz à la volée sur le nouveau couple.

Dans l'allégresse, le cortège se dirige à présent vers la salle du banquet. Ici, la décoration romantique et chic éblouit les convives par son bon goût et son faste. Guilhem couve d'un regard attendri Ambre et Mariska, en grande conversation autour d'une coupe de champagne. Babik vient lui taper sur l'épaule avec un clin d'œil, alors que Dario, Nanosh et Levna, joyeux, improvisent une ronde sous le regard ému de leur père. Il se remémore alors sa vie dans les Carpates auprès des Gabori, les longues veillées autour du feu et le niglo qui accompagnait chaque repas.

Une clameur enfle dans l'assistance :

— Les mariés ! Un discours !

Adrian prend alors la parole, couvant d'un regard tendre et amoureux sa belle épouse :

— Lili-Rose, mon amour ! Je suis tellement heureux en ce jour. Tu es la plus belle chose qui me soit jamais arrivée. Je t'aime de tout mon cœur et je te promets de te rendre heureuse. Depuis notre première rencontre dans ce train pour Deva, je suis sous ton charme. J'ai ressenti un véritable coup de foudre lorsque mes yeux se sont posés sur toi la première fois…

Ambre écoutait les mots de son gendre en se demandant comment elle avait pu le prendre pour le correspondant roumain de sa fille à l'époque. Toute cette histoire était folle. Son esprit avait troqué la réalité contre une fable. Elle avait été persuadée d'avoir voyagé dans le temps, d'avoir rencontré ses ancêtres, d'avoir changé son futur. Tout ceci était vraiment dingue. Elle s'était persuadée que Lili-Rose n'était pas la fille d'Audrey, mais la sienne. Elle n'écoutait plus Adrian, plongée dans ses pensées. Son cauchemar récurrent lui revint alors en mémoire, avec l'acuité d'un film se déroulant devant ses paupières. Elle se souvenait très bien comment, la première fois, elle s'était réveillée en sursaut, aux alentours de minuit, poussant un grand cri déchirant la nuit. Elle était en sueur.

Hildegarde la fixait de son regard perçant gris acier. La sorcière riait comme une démente ! Incrédule, Ambre s'écria :

— Tu es morte, Hildegarde. Je t'ai tuée. Retourne en enfer !

— Tu es folle, Ambre, complètement folle, folle à lier, bonne à enfermer. Tu te trompes sur toute la ligne. Ta vie n'est qu'un songe, un conte, une mauvaise farce. Tu ne m'as pas tuée. Je suis bien vivante et je vais te pourrir l'existence.

— Tais-toi ! Tu dis n'importe quoi, maudite sorcière !

— Ta fille Lili-Rose m'appartient. Elle est à moi.

— Laisse mon enfant tranquille !

— Ce n'est pas ton enfant, mais la mienne, l'enfant du Malin, la fille de Satan. J'ai pris possession de son âme avant sa naissance. Elle est mienne ! Elle m'appartient.

La sorcière riait à nouveau de plus belle, d'un rire terrifiant à vous glacer le sang. Ambre tremblait de tous ses membres. Des sanglots la secouaient. De grosses larmes roulaient sur ses joues. Elle se sentait tellement impuissante à protéger son enfant qu'elle aimait tant. Elle tenta alors de se jeter sur la sorcière pour la faire taire, mais Hildegarde lui enserra la gorge jusqu'à ce que l'air vienne à manquer dans ses poumons.

Son terrible cauchemar prenait fin sur cette désagréable sensation d'étouffement. Et aujourd'hui, au milieu de cette foule joyeuse, Ambre avait de nouveau l'impression de manquer d'air. Au bord du malaise, elle s'assit lourdement sur une chaise et s'épongea le front. Alors qu'elle transpirait, un grand froid s'insinua en elle. Personne ne prêta attention à son trouble. Tous étaient occupés à féliciter les mariés.

Soudain, une vieille femme d'une laideur repoussante, édentée et bossue, pénétra dans la salle. À la stupéfaction de toute l'assistance, elle vint se planter devant le jeune couple et prononça ces paroles :

— Personne ne m'a invitée ; cependant, je voudrais présenter tous mes vœux de bonheur aux jeunes mariés, ainsi qu'à leurs proches.

Elle leur jeta alors un regard gris acier froid comme du métal avant de s'évaporer mystérieusement, comme par magie. Tout le monde était mal à l'aise. Vénusia blêmit, devenant aussi pâle qu'un linceul. Avant de s'évanouir et de tomber de sa chaise, Ambre laissa échapper un prénom : « Hildegarde ». La fête était gâchée…

Annexe

Légende des possédées d'Amou

On connait la célèbre affaire des possédées de Loudun qui se situe dans les années 1630. Mais ce cas de possession par le Diable et de chasse aux sorcières est loin d'être unique au XVIIe siècle. C'est ainsi qu'en 1613, plusieurs dizaines de femmes de la paroisse d'Amou furent également prises d'un mal étrange, d'une forme d'hystérie et de folie impulsive qualifiée de démoniaque, dont les victimes devenaient enragées et forcenées.

Pierre de Lancre, conseiller au Parlement de Bordeaux désigné pour enquêter dans le Labourd dès 1609, et chargé de purger le pays de tous les sorciers et sorcières sous l'emprise des démons, décrit ainsi le phénomène :

« Il s'est trouvé en une seule petite paroisse près la ville d'Acqs plus de quarante personnes affligées de l'épilepsie par le moyen des Sorciers, et une infinité d'autres atteints d'un certain mal qui les fait aboyer comme chiens. »

« C'est chose monstrueuse de voir parfois à l'église en cette petite paroisse d'Amou plus de quarante personnes, lesquelles toutes à la fois aboient comme des chiens, faisant dans la maison de Dieu un concert et une musique si déplaisants qu'on ne peut même demeurer en prière : ils aboient comme les chiens font la nuit, lorsque la Lune est en son plein, laquelle je ne sais comment remplit alors leur cerveau de plus de mauvaises humeurs. Cette musique se renouvelle à l'entrée de chaque Sorcière qui a donné souvent ce mal à plusieurs. Si bien que son entrée dans l'Église en fait Layra, qui veut dire aboyer une infinité, lesquelles commencent à crier dès qu'elle entre. Et lorsqu'en absence de la sorcière le mal les prend (ce qui advient aussitôt fort souvent, car elles peuvent leur avancer le mal, et les faire aboyer quand elles veulent), elles les réclament et les appellent par nom, Dieu leur ayant donné en leur affliction cette précaution de nommer celles qui leur ont baillé ce maléfice pour les notifier et comme les déférer à la Justice, laquelle sur ce seul indice s'en saisit parfois si heureusement, que plusieurs ont confessé volontairement, et en ont découvert un grand nombre d'autres, qu'on a menés depuis en la conciergerie de la cour. »

Ce mal était manifestement le fruit de maléfices. Des aveux libres ou extorqués et validés par la torture, il fut établi que les sorcières d'Amou donnaient deux sortes de maux, l'épilepsie ou mal caduc, et le mal voyant ou mal de « Layra » (aboyer, en gascon). Par le mal caduc, les femmes se vautraient sur le sol, battant la terre de leurs corps et de leurs membres. Celles touchées par le mal de « Layra » poussaient des hurlements. La transmission en était décidée lors des sabbats.

Plusieurs de ces prétendues sorcières furent emprisonnées à la Conciergerie de la Cour du Parlement de Bordeaux, puis au château du Ha, condamnées après leurs aveux, certaines brûlées.

Au cours des confrontations, le conseiller De Lancre et un autre commissaire de la Cour du Parlement, le sieur de Monein, recueillirent le témoignage d'une demoiselle « de bonne part mariée à un capitaine de nom et de réputation », signalée par le juge d'Amou comme affligée du mal de Layra depuis deux ans après avoir « été mise quelqu'ordure dans la matrice par trois sorcières comme elle s'accouchait ». Amenée devant la commission dans la salle de la Tornelle et mise en présence de celles qu'elle accusait, nommées du Four et Fezandieu, elle se mit à crier et aboyer en alarmant tout le monde. Au cours de l'instruction, une certaine Francine Broqueiron, soumise à la torture et au supplice, avoua être sorcière depuis cinquante ans, être du complot qui se fit au sabbat pour lui donner ce mal et que ce fut une certaine dite la Baronique qui, lors de l'accouchement, lui mit certaines poudres dans ses souliers pour la charger de ce mal alors qu'on lui mit également « quelque vilainie dans sa matrice avant de lui lier de façon que depuis elle n'a porté d'enfants ». Le mal resta ainsi clos pendant huit ans avant qu'il ne soit découvert il y a deux ans. Francine Boqueiron, dont il est précisé qu'elle portait la marque du Diable à l'épaule gauche, y dénonce une certaine Saint-Jean dite la Violone, également du complot, laquelle est soumise à la torture mais se dit innocente et dénonce à son tour un certain Jehan de Lalanne, maître des sabbats, arrêté à La Bastide, condamné à mort et brûlé.

Parmi les autres sorcières, De Lancre cite Francillon et Catherine de Lagarde encore en prison en 1613.

Mais ce n'est pas tout. Et peut-être que la sorcellerie justifie beaucoup !

« Satan les afflige encore par des maux bien plus étranges ; car les Sorciers en la même Paroisse se sont avisés de dérober des chiens domestiques, et les appâter et droguer, de façon qu'ils les font venir enrager ; puis les laissant aller en liberté, il s'est trouvé qu'étant de retour dans la maison de leurs maîtres, ils ont mordu l'enfant le plus chéri (aîné de la maison âgé de neuf à dix ans), et lui ont donné la rage si forte qu'il en est mort dans peu de jours : Et encore depuis et tout fraîchement, certains Magiciens et sorciers ont trouvé moyen de ravir les femmes d'entre les bras de leurs époux, et faisant force et violence à *cefaintct* et sacré lien de mariage ils ont adultéré et joui d'elles en présence de leurs maris, lesquels comme statues et spectateurs immobiles et déshonorés, voyaient ravir leur honneur sans y pouvoir mettre ordre : la femme muette ensevelie dans un silence forcé, invoquant en vain le secours du mari, et l'appelant inutilement à son aide ; et le mari charmé et sans aide lui-même se laissant déshonorer, contraint de souffrir la honte à yeux ouverts et bras croisés. »

Amou semble être d'ailleurs un nid de sorcières, puisque déjà au XVe siècle, Archambault de Caupenne en aurait fait brûler une dizaine.

De même, dans une déposition du 18 décembre 1567, une jeune fille d'Amou âgée de vingt-cinq ans, nommée Estebene de Cambrue, avouait que les sorcières allaient à la grande assemblée du Grand Sabbat en un lieu dit la Lanne de Bouc, rejoindre le Diable appelé Lou Peccat, quatre fois dans l'année, correspondant aux quatre fêtes chrétiennes, en plus des petites assemblées locales, pour des danses, ébats, folâtreries, et pour fauter autour d'une pierre plate dite « tinon ».

On apprend aussi que dans la nuit du 25 septembre 1609, trois sorcières (Sansinena, la vieille dame d'Arrostegy et Marie de Laurensena) avaient attaqué M. de Caupenne d'Amou dans son château de Saint-Pé de Nivelle dont il est seigneur, lui mirent la corde au cou après qu'elles l'eurent trouvé au lit. Quelque temps avant, une certaine sorcière lui avait percé la cuisse et sucé le sang, lui étant couché et sans qu'il s'en aperçoive dans son sommeil !

Étonnant, non ?

Remerciements

À mon fils Kévin, pour avoir cru dès le départ à mon histoire.

À Cécile Ducomte, auteure de romans fantastiques, pour ses encouragements.

À mes bêta-lectrices, Elie Zirn Verleysen, Christine Faure, Brigitte Cachau et Aurore.

À Michel et Valérie Martinez, Nathalie Morange et Xavier Adnot pour leur regard sur le deuxième tome que vous tenez entre vos mains.

Et enfin merci à tout mon lectorat sans qui je ne serais rien.

De la même auteure

Cendrillon du trottoir

Collection Magnitudes

8.0

F. Files

Fantastique, Fantasy, Science-Fiction… Trois genres différents représentés par trois couleurs différentes, mais réunis en une seule et même collection : F-FILES de JDH Éditions. La collection qui vous fera voyager dans d'autres univers.

À découvrir dans la collection F. Files

Le Pentacle de Vénus – tome 1

Bianca Bastiani

Cortex Noir

Léo Falke

Les 84 marches

Yoann Laurent-Rouault

L'appel de Clara
Les mondes d'Arya

Cécile Ducomte

Mannaz

Christophe Fourrier

L'Édredon

La revue littéraire de JDH Éditions

Venez découvrir les textes de la revue

**Textes et articles dans un rubriquage varié
(chroniques, billets d'humeur, cinéma, poésie…)**

Suivez **JDH Éditions** sur les réseaux sociaux
pour en savoir plus sur les auteurs,
les nouveautés, les projets…

Inscrivez-vous à notre Newsletter sur
www.jdheditions.fr
Pour recevoir l'actualité de nos nouvelles
parutions